小学館文庫

書くインタビュー5

佐藤正午

小学館

書くインタビュー ⑤

目次

I 記憶について

II 二〇一九年、八月

III 報告

IV グランプリの準備

聞き手　編集部オオキ

I

記憶について

198
オオキ
2019/01/11
18:35

件名：SSGT

年末はごちそうさまでした。

美味《おい》しかったですねぇ、九十九島とらふぐのお刺身も長崎和牛のすき焼きも。正直、心配だったんスよ、前回のメール（というか原稿）に「脇本かその番手で頭堅いはず」なんて、あんな自信たっぷり書いちゃった正午さんに、ギャンブルの神様は味方してくれるんだろうかと。オオキは逆張りしとこうかと思いましたもん。

そういえば、正午さんのいないとこでニシさんとタバコ吸いながら話したんスけどね、「だいじょうぶなんか？」と唐突に訊《き》かれ、てっきり正午さんのグランプリ車券のことを言ってるのかと思って生返事していたら、「アホ！　サトーの車券じゃない、おまえの仕事がさ！　不況やろ出版は」と、大一番を前に景気よくない話を聞かされましたよ。

「正午さんと佐世保でグランプリを戦う」シリーズ（勝手に命名しちゃいますけど）

には、これまでも印象深いことがたくさんありました。二人してすってんてんになった年のことは、思い出しただけで胃が痛みます。正午さんもそうでしょ？　年始から景気よくない話はやめましょう。

今回は、オオキがこの12年間のＳＳＧＴシリーズで印象に残っていることを一つ書かせてもらいます。毎年末こいつはばくちのために佐世保通いしてるのか、とへんしゅうちょうに誤解されないためでもあります。だから、たとえば、ってことで。

たとえば、２０１０年のＫＥＩＲＩＮグランプリ。

長い写真判定の末、微差で山崎芳仁をかわした村上博幸の優勝が決定した瞬間、正午さんガッツポーズしてましたよね、人目もはばからず。オオキがよく憶《おぼ》えているのは、けれども正午さんのガッツポーズではありません。立川で行われてたレース内容でも好配当のことでもなく、正午さんと佐世保競輪場の窓口で払戻しを済ませたあと場内に降りだした雪のことです。

あの日の雪、正午さんも忘れられませんよね？

いまだったら、正午さんが当てちゃったもんだから雪まで降ったゾ、みたいな冗談も言えるんスけど、あのとき、あの現場で見た雪は、正午さん念願のグランプリ初当たりと相まって、なかなかの演出でした。人影も消えた年の暮れの競輪場にサツタバ手に入れた男が二人、薄暗い空からは雪。多少脚色してますけど、このシチュエーションに気の利いたBGM流せば、映画のワンシーンとしてもイケそうじゃないスか？どんな映画よ。

２０１０年といえば、ハトゲキ連載開始の前年です。『正午派』には載っていない、オオキ独自の佐藤正午年譜をひも解くと、この年のグランプリの時点で、鳩の撃退法、というタイトルはとっくにうかがってましたね。東根さんへのメールにも当時すでに出てきてます。加えてオオキは、物語の断片的なイメージも正午さんからいくつか聞いてました。８年も前のことです。本当かよ、といったん自分の記憶を疑って、念のためアマゾンの注文履歴をさかのぼったところ、２０１０年の10月あたりから、家族の失踪などを扱った本が並んでました、ビンゴです。新聞や雑誌記事のスクラップを正午さんに送ったのもその頃ってことですね。

ただ、２０１０年末の時点でハトゲキのおおまかな全体像はまだわかりませんでした。それがなんとなくわかったのは２０１１年４月。ほら正午さん、松浦鉄道乗ってクリーンセンター見学に行ったり、連日クニマツとかキラクヤで何度も何度もメモを書き直しながら延々とハトゲキの話をしたあのときです。で、そのときだったか、その直後でしたよね？　正午さんから小説内の重要な一日に「雪を降らせようと思うんだけど、どう思う？」みたいな相談があったのは。

「雪っスか？」

「うん」

「なんかドラマチックっスね」

「うん、縁起もいいと思うよ」

すみません、いくらなんでもこれじゃオオキの文脈に都合よすぎますね。実際はこんな調子だったかも。

「雪っスか?」

「うん」

「雪の描写なんてタイヘンそうじゃないスか?」

「オオキくんさー、ソレだれに向かって言ってんの」

いずれにしても、正午さんの口から「ハトゲキに雪」宣言があったのは2011年のこと、グランプリの日の夜に二人して雪まみれになった翌年であることだけは確かです。

いまとなっては、雪が描かれていないハトゲキなんて、ハトゲキじゃないスよね?正午さんにこんなことあらたまって言うのもこそばゆいんスけど、オオキにとってハトゲキに描かれた雪は、あの日の雪とつながってます。もしあの日、雪が降らなかったら、正午さんの車券が例年通りハズレてたら、そしてすぐ隣に担当者がいなかったら、「ハトゲキに雪」はなかったんじゃないか、くらいに思ってます。

正午さん、そういうことにしちゃいませんか？　そういうことにしてもらえるとですよ、へんしゅうちょうに妙な誤解もされず、昨年暮れよりは多少なりとも堂々と、今年も佐世保まで年末のごあいさつにうかがえるってことで。

２０１９年もどうぞよろしくお願いいたします。

最後に、年末お伝えし忘れた業務連絡と年始の報告を。

まず業務連絡。「ほぼ日手帳」２０２０年版に、正午さんの発言が掲載される件、ＯＫの返事しときました。それから年始の報告。東根さんがぶじ双子を出産したそうです。

おまけの添付写真は景気よさそうな2枚。２０１０年12月30日の雪の夜、佐世保の繁華街を歩く正午さん（後姿）と、２０１８年12月30日、すき焼き鍋の油をおしぼりで避ける正午さん。

@20101230.jpg

@20181230.jpg

199
佐藤
2019/01/21
12:33

件名：中吉

久しぶりに当たったKEIRINグランプリの翌日、大晦日《おおみそか》の午後、iMacの埃払《ほこりはら》ったり仕事机や本棚の片づけしながら、ひとりで反省会して考えた。昔の僕ならどうだったろう？　三十年くらい前の、競輪にのめりこんでた僕なら今回のグランプリをどう予想して車券をどう買っていただろう。六十歳過ぎた僕よりも度胸良く、買い目絞って勝負して当てててただろうか、それとも、見当違いの車券によそ見して外してただろうか。

買い目を絞るというのは、でも度胸だけの問題じゃない。たとえば今回のレースは2車単1－2で決まったわけだけど、頭を1と決めたら1から流すんじゃなくて、捨てられる目は捨てていって、本命の1－3は残すとしても、理想、1－3と1－2の二点勝負にできなかったか？　そしたら捨てた目のぶん1－2に注ぎ込む金額も多くなって、払戻金はもっと増えてたのに、って欲張る、その欲も係わってくるんだね。車券買う前にその欲が出たかどうか。

つまり、昔の僕はもっと貪欲《どんよく》に当てにいってただろうか？　たぶん貪欲に当てにいってたと思う。

車券を当てたひとが、当てたあとで必ず苛《さいな》まれる後悔があるでしょう。あると思うんだ。その後悔について、三十代の僕が「ギャンブルの楽しみ」と題したエッセイに書いている。確かそんなエッセイあったよなと大晦日の掃除の途中で気になって、本棚から『象を洗う』を引っぱりだしてみたら、こんなふうに書いてた。

期待することと決断すること、それがギャンブルの楽しみのすべてである。当りを期待することが楽しみの半分なら、残りの半分は期待が現実になったときの、つまり当ったときの喜びではないかと人は言うかもしれない。しかしレースが終ったあと、たとえ期待が現実になっていたとしても、奇妙なことにそこにあるのは後悔だけである。

ね？　どんな後悔かというと、こうなんだ。

二万円買った車券が当る。すると当った人間はなぜ五万円買わなかったのかと悔む。五万円買っていればなぜ十万円買わなかったのかと悔む。必ず悔む。はずれていればもちろん悔む。だから、……（中略）……レースが終ったあとにあるのは後悔のみ、とすればギャンブルの楽しみのすべてはレースが始まる前にしか存在しない。

一九九一年にこれ書いてるんだよ。で、載ったのが文芸誌『すばる』なんだ。文芸誌に競輪のエッセイ。福井競輪場で行われたレースのこととか書いてる、中野浩一と井上茂徳が吉岡稔真の番手を競ったレースのこと。当時は何とも思わなかったけど、いまになるとちょっと感心するよね、編集部の包容力に、というか遊び心に、というか。でもまあ、それを言えば『きらら』だっておんなじか。

当時はさ、「当たる」じゃなくて「当る」と書いてたんだね、「悔む」もいまなら「悔やむ」と書くと思うけど、でも送り仮名の違いなんかこの際どうでもよくて、僕が言いたいのは、大晦日に仕事部屋を片づけながら、口惜《くや》しいなあ、どうせ当たるなら1－2の車券をもっと買ってればよかったなあと後悔していた、ってことじゃないんだ。その種の欲張りな後悔には、もう「ギャンブルの楽しみ」を書いた時点、三十代でケリをつけているから、どうやったって逃れられないと悟り開いてるからね、僕はただ、昔の自分ならどんな車券の買い方をしただろうと頭をめぐらせてみただけ。

記憶と資料をもとにして、シミュレーションていうのかな、過去の自分ならこうだったろうな、と確度の高い、あり得た車券の買い方を想像して、突きつめてみた。

まずね、見当違いの車券によそ見した可能性は、今回はあり得ないと思う。すでに出場選手が決まったときから「脇本かその番手で頭堅いはず」だったからね。このレースに限っては、オオキくんのいうギャンブルの神様の味方があってもなくても、そこは動かせないと決めてたから。だからどっちかの頭から、もっと度胸良く、そして欲深く買い目を絞ってたはず、それは間違いない。

記憶の話からいくと、ある年の夏、G1の決勝レースで、井上が中野の捲《まく》りを差す車券に一点張りして、幸運にも当たったことがある。その払戻しの一万円札の束を、二つに折り曲げて、開かないように輪ゴムで留めて、机の抽《ひ》き出《だ》しに転がしておいた。なぜその金使わなかったのかは憶えてないけど、年末のグランプリ資金に溜《た》めとくつもりだったのかもしれない。

この記憶を、競輪の公式ホームページの「資料室」てとこで確かめてみると、一九九〇年、八月二日、青森競輪場で行われた全日本選抜競輪の決勝戦なんだね。井上－中野と入って、枠単2－1、払戻金が六百六十円。そのころはまだ三連単どころか二車単の車券も発売されていなかった。僕は2－1をじゅうまんえん買って当たったから、払戻しは六十六万円てことになる。その六十六万円を二つに折って輪ゴムで留めて抽き出しに放り込んだ。

あるいはこのとき、僕は後悔に苛まれていたかもしれない。幸運な当たりのあとで、強欲に、じゅうまんえんじゃなくてなぜその倍の金を2－1に賭《か》けなかったんだ、借金してでも、と自分を責める経験をしていたのかもしれない。その経験が翌年のエッセイ「ギャンブルの楽しみ」につながるのかもしれない。

ま、それはいい。

ここで重要なのは、僕は思うんだけど――グランプリ連戦連勝のオオキ名人にはシャカにセッポウだろうけど――G1でもヒラ開催でもどんなレースでもね、本気だろうが遊びだろうがとにかく、車券を一点勝負で買うのは、口で言うほど簡単じゃないってことだ。

穴車券を少額で何通りも買い漁《あさ》って、高配当を狙うのは、いわばローリスク・ハイリターンを望んでるわけでしょう。対して、本命買いで確実に低配当を取りにいくのは、ローリスク・ローリターンてことになる。ところがさ、同じ本命買いでも、保険をいっさいかけずに狙いを一点に絞る、そうすると、とたんにリスクが高まるんだ。急激に高まる。高まったように感じる。これは理論上の話ではなくて、あくまで車券を買うひとの気持ちとしてそうなる。なんまんえんもの大金を一点に賭ける、でもオッズは低い。これは賭ける側の気持ちとしては、超ハイリスクでローリターンを狙いにいくようなもんだよ。割に合わない。

　割に合わないことを敢《あ》えてやるのは難しいよね。

ひとは普通そういうことはやらない。でも本命の一点勝負っていうのは、心臓がばくばくするほどのリスクをおかして、それをやるんだね。当たったとしても得るものは少ないのに（気持ち的に）。当たったとしても待っているのはもっと賭金《かけきん》増やすべきだったという後悔のみなのに（経験的に）。だから口で言うほど簡単じゃない。自分の財布から大金はたいて、一点だけ車券を買って、ものの何分かで片がつくレースを見守るのは。

　でもそれが競輪でしょ？　てことなんだよ、当時の僕が考えていたのは。考えてた、じゃなくて、理想としてた、というべきか。正しい計算では、６・６倍の本命車券をじゅうまんえん買ったときの払戻しと、６６０倍の大穴車券をせんえん買ったときの払戻しは同額だと、そのくらいはわかってる。けど６６０倍の大穴車券を狙うなんてあり得ないからね。狙うって、ずるい言葉の言い換えでさ、ほんとは「待つ」ことしかできないじゃん、宝くじが当たるのを待つみたいに。それが嫌だったんだ、当時の僕は。レース展開を脳みそ熱くして予想して、心臓ばくばくの時間を経《へ》て、数分で結果が出るのが競輪なんだからね。万車券当てたとか自慢するひとのこと、バカにしてた。中穴だろうが何だろうが、穴車券に手を出すひとたち全員軽蔑してた。

そんな感じだったからさ、潔癖性が競輪やってるみたいな？　だから今回のグランプリの車券、昔の僕だったらやっぱりとことん買い目を絞ってたはずなんだ。あげく有り金ぜんぶ注《つ》ぎ込んでたと思う。

競輪場の隅っこでハイライト何本も吸って、悩みに悩んでね、もちろんひとりでだよ。当時はいつもひとりでやってたから。レースが終わったら友人と打ち上げとか反省会とか、そんな競輪やったことなかったし。

いちばん悩むのは、3番車の脇本と、その番手の1番車三谷とどっちから狙うか。いまの僕なら、迷わずどっちからも買うけど、当時の僕は、先行する脇本を三谷が抜けるのか、抜けないのか、そこが究極の悩みどころになっただろう。決断を下すのにたっぷり時間を使っただろう。それで最後、抜くほうに賭けたと思う。そう思う根拠はとくに——番手の競《せ》りはないと信じる以外とくに——ないけど、もともと僕、先行選手よりも番手をまわる選手に自身を投影するタイプの競輪ファンだし、井上茂徳に憧れてた時期だってあるしね、いまでも「逃げ切り」よりはきっちり「差し」で決まるレースを見るほうが断然好きだし。

発売締切り三十分前には、頭は1と決めていたと思う。

残る問題は二着探しだ。

車券は二車単で買うとして、1から流すと1-2、1-3、1-4、1-5、1-

6、1‐7、1‐8、1‐9まで計八点。でも総流しなんて買い方はしない。絶対当てたいグランプリだし、いまなら平気でするけど、昔はしなかった。
絞るとすれば、脇本の逃げ残りの1‐3、三谷の後ろをまわる村上義弘への1‐9、関東ライン先頭の平原康多への1‐7、それから位置決めずの単騎で飛んでくる浅井康太への1‐2、その四点じゃないか。

でも四点じゃまだ多過ぎる。

せめて二点まで絞ろう。絞るための根拠なんてもうない。あとは競輪にのめりこんでる人間の勘。村上は直線伸びを欠く、ずぶずぶの1‐9は消し。番手勝負に迷いがあるはずの、でも勝負できない平原の1‐7も消し。

残るは二点。1‐3か、1‐2か。

半分ずつ分けて買おう。いや均等に買うのはだめだ。オッズ見て配分して買おう。そうしよう。いや、それもだめだ。だってこのレース、脇本の先行一車も同然じゃないか、下手すりゃ最終バック一本棒じゃないか。そもそも3の頭か1の頭かで最初から迷ってたんじゃないか？　脇本が着外に沈むなんてあり得るのか？

……ないな。

午後四時過ぎの競輪場、車券買う間際、僕はそう直感する。

直感しただろう。そんな気がする。1‐2も消し。ポケットの中の一万円札をつかんで、オッズに目をやり、このレースは堅いと確信する。逃げる脇本を三谷が差すか、差さないか。そういうレースだこれは。きっと差すだろう。ちょこっとだけ差す。そいで1－3で決まる、今年のグランプリは。ほかの車券はいらない。1－3以外の車券買うやつらみんな愚か者だ。利口なのはおれだけだ。最後に笑うのはおれだ。窓口に有り金突っ込む。

おばちゃん、1－3ちょうだい、これ全部。

あいよ、お兄さん、勝負師だねえ。

勝負しないでどんすんの、グランプリなんだぜ。

当たるといいお正月になるね。

当たるに決まってんだろ、見てろよおばちゃん、この車券、レース終わったら札束に化けるから。腰抜かすなよ。

シミュレーション終わり。

結果。

今回のグランプリ、若い頃の僕がもし車券買ってたら1－3の一本勝負して、そして外してた。

三谷と浅井がゴールライン通過した瞬間に腰抜かしてた。

きっとそうなってたと思う。

そんなことをさ、大晦日の午後、仕事部屋の片づけしながら考えてたんだ。考えたあとで、前日の1－2の払戻金そっくり封筒に入れて机の抽き出しにしまった。年が明けたらその金、銀行の口座に戻そうと思って。もともと銀行口座から引き出した金だからね。ほとんど同額だから。グランプリ当たったといっても流し車券の一枚が当たっただけで、元金はぜんぜん増えてないから。

ま、考え様によっては、その金を賭けることで「ギャンブルの楽しみ」を堪能《たんのう》したんだともいえるだろう。その「すべてはレースが始まる前にしか存在しない」と三十代の僕が看破したギャンブルの楽しみをね。それが真実かどうかは別として。

あとこれも考え様だけど、元金が増えていないといっても、やっぱり当たりと外れの違いはあってさ、外れてたらマイナスのところが押さえ車券でも当たってれば払戻しがあってゼロになるわけじゃん、プラマイゼロに。プラマイゼロって、ゼロだけど、マイナスの地点から見れば相対的にプラスだからね。現に、外れてたら消えてたはずの金がちゃんとまだあるんだから、封筒の厚みのぶん。そこまで気落ちするほどの状況じゃないよ。

だから総論、今回のグランプリは「まあ良し」で終わった。

三十代の僕がこの有様を見たら呆《あき》れ返るかもしれないけど、でもどうしようもない。二〇〇六年に再び競輪やりはじめて、ずっと競輪とつきあううちにいつのまにかこうなっちゃったんだから。

な？　外すよりましだろ？

いや、外したほうがましだ、あんたのこと軽蔑する。

……そうか。そうだよな。

そんなやりとりも想像しつつ「まあ良し」で年を越した。

近所の神社でひいた今年のおみくじは中吉だった。

銀行に入金するはずだった封筒の金は、正月競輪のネット投票で宝くじみたいな穴車券買い漁って、厚みがなくなってきた。ぐずぐず決心がつかず残りはいまも机の抽き出しにしまってある。

200
オオキ
2019/02/11
16:28

件名：競輪のことだけ

1990年、全日本選抜競輪決勝での井上‐中野に一点勝負、しびれますね。初耳でした。

コレ、短編『遠くへ』（『きみは誤解している』所収）に描かれたヒロインの買い方にそっくりじゃないスか？　穴車券まで手広く買うひとを「軽蔑」する、なんてとこまで含めて。そんな車券の買い方を、正午さんがじっさいにしてたとは！

しびれたのは、一点勝負という買い方だけじゃありません。いや、オオキも競輪の公式サイトとかで調べたり、正午さんが書かれたものをいくつか読み直したんスけど、1990年てとこが余計にツボでした。この年は、競輪70年の歴史を語る上で、大きなターニングポイントだったようです。

ミスター競輪こと中野浩一と鬼脚の異名を持つ井上茂徳といえば、正午さんが競輪場に通いはじめた80年代にタイトルを総なめにしていた黄金コンビですよね。競輪歴20年そこそこのオオキには、伝説的な選手です。

二人の車券で勝負する鉄壁の法則も、このとき、1990年の全日本選抜の時点では、そこまで通用しなくなっていたのかもしれません。正午さんも当時、「二人が揃って走るレースには、黙って中野↔井上の折り返し車券を買えばよかった」時代に「終止符が打たれようとしている」と書かれてます（『side B』所収「フレキシブル」より）。オオキが確かめたところ、中野と井上が特別競輪（G1）決勝でワンツーを決めたのは、1990年のこの大会が最後なんスよ。

正午さんはこの事実、ご存じでした？

翌年のふるさとダービー福井で、二人がその番手をめぐって競ることになる吉岡稔真のデビューが1990年ていうのも、なんだか運命的です。そうした背景を踏まえた上で、あらためて「こうやって走りたかった二人」（『side B』所収）あたりを読み返したオオキはさらにしびれた、というわけです。

……て、オオキに競輪ネタを詳しく書かせないでください。正午さんが競輪のこと書いてきたから、辛抱できなくなっちゃうじゃないスか！　数か月前にいただいたあの忠告、「あんまり競輪推しでいくと、（中略）このひとたち揃ってバカなんじゃない？とか思われるよ」は何だったんスか！

びっくりしましたよ、正午さんがここまで競輪のことだけを書いたのって、ほんと久しぶりだったんで。

オオキの記憶が確かなら、『side B』の文庫版に追加させてもらった「しみじみ賭ける」以来です。あの平塚ダービーもいまとなっては伝説ですね。吉岡稔真と神山雄一郎と山田裕仁、ビッグネーム三人が決勝に揃った最後のGⅠを準決勝から追った原稿です。

正午さん、それ以来ってことになります。2003年に書かれたエッセイですよコレ。2003年て、『きらら』

も創刊されてない頃です。その頃からずっと封印してきましたよね？　封印、とかいうと意図的に書いてこなかったみたいに聞こえますけど、実のところどうなんでしょ？　正午さんが競輪を再開した２００６年以降、単に競輪のことだけを書く機会がなかったからスか？

まもなく、２０１９年全日本選抜競輪決勝の発走時間になります。

この開催、けっこう荒れてますね。東京は極寒の日がつづいてますが、正午さんは最終日まで元気でお過ごしですか？

201
佐藤
2019/02/20
13:03

件名：嘘から出た誠

見てて呆れたね、別府のあのレース、中川誠一郎が逃げ切りで優勝した全日本選抜競輪決勝、呆れたとしか言い様がない。

だって中川はひとりぼっちだったんだよ。三人の選手が並んで連携するラインが二つあって、ひとりぼっちのいわゆる単騎の選手が三人いて、そのうちの一人だったんだよ、中川は。その中川がホームからかまして逃げてそのまま押し切っちゃったんだよ。そんなのありか、GⅠの決勝で？　いやGⅠの決勝じゃなくても、どんなレースでも、ありか？

たとえば二つのラインが先行争いして混戦になったところを、後方でチャンスをうかがってた単騎の選手がひと捲り、とかなら、

「展開にめぐまれたね、中川」

で済むけど、そんなんじゃないからね、そんなありきたりの文句じゃ済ませられないから、あの決勝戦は。残り一周半でジャンが鳴ったときも、鳴り終わっても、二つのラインはぜんぜん先行争いなんかしてないから、ただ単騎で逃げた中川のあとをみんなで追いかけただけだから。

いったい何のためにライン組んだんだよ？

な？　ラインて、基本、前を任された選手が逃げて、番手と三番手の選手が後方から飛んでくる捲りをどうにか防いで、4コーナー回るまで踏ん張って、それで理想、三人揃ってワン・ツー・スリーを決める、そういうもんなんじゃないの。基本は基本、理想は理想として、少なくともワン・ツー・スリーを決めるための戦略を、その戦略のために力を出し惜しみしない走りを、車券買ってるファンに見せるのが競輪のラインてもんじゃないの？

単騎の選手が逃げるのを、行儀良く三人並んでただただ追いかけるだけ、なんて、

そんなの誰も見たくないよね、GⅠ決勝の大舞台で。たとえ単騎の選手が一か八か大逃げ打ったとしてもさ、競輪の常識として、その後ろには直前まで先頭に立ってた選手がすっぽりハマるでしょう、で絶好の展開になってバック捲りでしょう、捲らなくても単騎逃げの選手を風よけに使って、直線入ったら容赦なく使い捨てだよ、単騎逃げ九着大敗、

「あーあ、無茶やっちゃったな、中川」

で終わっちゃうとこなんだよ、競輪の常識としては。

昔、じゃなくて、もう大昔、もしかしたらオオキ名人はまだ競輪なんか知らない子供だったかもしれないけど、6番車にラインとは無関係の選手が入るレースがあってさ、確か「トップ引き」と呼ばれてたんだ。先頭誘導員がいなくて、代わりにそのトップ引きの6番選手がかならず先頭に立って逃げるんだね。レースは九人で走るんだけど、勝敗はトップ引きの選手を除いた実質八人で争われる。

そういう時代の競輪を記憶してるファンとしてはさ、今回の別府の決勝、単騎の中川が逃げて、残りの八人があとを追いかけて、しかも追いつけないままレースが終わっちゃったっていうのが、なんか、こう、極端にいえば、衝撃！

「トップ引きが逃げ切った！」

みたいな？　つまり、本来起きてはならないことが起こった、前代未聞の椿事《ちんじ》！

として目に映ったりもするんだね。

椿事とかいうと中川ファンに怒られるかもしれないけど、でもあのレースが思いもよらぬ展開で決着したのは確かでしょう。単騎の選手が一着になって、しかもその決まり手が「捲り」じゃなくて「逃げ」というのは、そうそうあることじゃない。僕は初めて見たような気がするんだ。オオキ名人、記憶にあるか？

記憶にあってもなくても、とんでもないことだよ。今後、ファンのあいだで語り継がれるとんでもないレースを見せてくれたんだと思うよ、あのレースの中川は。九着必至、昔ならトップ引きに課せられた単騎の逃げ。G1の決勝でそれやっちゃうんだから、誰にも真似できない、たいした度胸だよ。度胸と、瞬時の決断と、あともちろん脚力。逃げ切った中川を讃《たた》えるしかない。

中川から車券買ってたファンはバンザイ三唱だね。随喜の涙流して、胴上げに参加したいくらいだったろう。

でも僕は買ってなかった。

結果、ほかの八人の選手の走りに呆れるばかり。

と、こんなふうに、ここまで競輪のことだけ書くのって、オオキくんの言うとおり久しぶりかもしれない。

封印て言葉も、ぼんやりとしか意味知らないから辞書引いてみたら、封をした手紙や文書の封じ目に印を押すこと、らしいから、ぽんとハンコ押した時点で、以後開封禁止、っぽい意味がついてくるのかな、だとしたら比喩的《ひゆてき》に封印といえるかもしれない。なにしろ長いあいだ書かなかったのは事実だし、もう競輪についての文章を書くのはやめようと、原稿依頼のあるなしにかかわらず、自分で勝手に禁止してた時期があったのも憶えてる。封印だね。

理由は単純で、ただ、書く仕事と切り離して競輪がやりたかったからなんだ。競輪場では競輪のことだけ考える。それはあたり前だけど、そのあたり前のことが難しくなってたんだね、競輪のエッセイをたくさん書いていくうちに。なんかさ、書評書くために小説読まされてる感じ、そこまで読みたくもない小説読むように、たいして気持ちが動かないレースの予想したり、自宅に帰ってからもテレビでレースダイジェスト見たり、ここ引用しようと付箋《ふせん》貼りながら小説読むようにレース展開記憶したり、余計なことに頭使うのが嫌になった。

自分が読みたい小説は自分で選んで読みたいときに読む。競輪も自分のやりたいときにやりたいようにやる。あたり前のこと、それが封印の理由。

でね、ここからがちょっと、矛盾があるようなないような、わかりづらい話になるかと思うんだけど、書く仕事と切り離して競輪をやる、つまり心置きなく、のびのび

と競輪をやるために、当時、まず僕が何をしたかというと、

競輪をやめる

ことだった。厳密には、やめるのは僕じゃなくて、いや僕なんだけど生身の僕じゃなくて、ペンネーム佐藤正午という作家が競輪をやめる。だってやめないわけにいかないでしょう、書く仕事と切り離して競輪やりたいんだから。競輪関係の媒体からときどき原稿の依頼が来るじゃん？　来るんだよ、来てたんだよ昔は、競輪について文章書くひとそんなに数いないから、ま、好んで読むひともあんまりいないと思うけど、ひととおり順番が回るとまた僕んとこに依頼が来る、それをさ、せっかくの依頼を、

「実は競輪やめちゃったんです、すいません」

と言って引き受けない。軽はずみ、というか、口から出まかせというか、もっと若い頃にね、一般の雑誌から小説やエッセイの原稿依頼があるじゃん？　あったんだよ若い頃は、あることじたいは有り難いよ、でも書きたくない、書きたくなくても書くのがプロの作家だという考え方があるのは知ってるけど、その考え方を自分はとらないから書けそうにない、そんな話いちいちするのが面倒で、短気起こして、

「年内休筆中です、また来年」

と言って電話切ったりしたことあったんだけど、幾つになってもおんなじだよ、言い訳が子供じみてる、まっとうな社会人の応対じゃない、でもそういう軽はずみな応対をしてしまう、根が浅はかなもんだから。もう競輪やめちゃったんです。ほんとはやめる気なんてさらさらないのに、書く仕事と切り離して、のびのび競輪やりたい、その一心で。

その一心で「佐藤正午は競輪やめました」ってストーリーを作ってしまう。作ってしまった以上、後戻りできなくなる。

あるときね、取材で新聞記者がよそから来てくれたんだよ、電車に乗って。佐世保で小説を書いてる佐藤正午という作家を記事にしたいそうで、文句はないから、佐世保駅そばのホテルで待ち合わせた。ところが会ったとたんに記者が、競輪場に行って写真を撮りたい、競輪場で話を聞いて佐藤正午の小説と、佐世保の街と、競輪とを絡めて記事を書きたいと言う。記者の頭にはたぶんデビュー作の『永遠の1／2』があったんだろうね。主人公が競輪やる小説だし、舞台は佐世保とおなじで競輪場がある地方都市だし、気持ちはわかるよ。ただ、佐藤正午の小説と佐世保の街を絡めるのはいいとしても、競輪は困る、と僕は思った。だって、事実上、佐藤正午はもう競輪やめてるんだから。

だからその事実を記者に伝えて、競輪場には行きたくないと僕は断った。行って写真まで撮ってそれが新聞に掲載されると、佐藤正午はあいかわらず競輪やってるように見られて誤解される。誤解されるどころかその記事は嘘になる。マスコミの嘘の報道に加担するのは嫌だ、と言ってごねた。ごねてみると、自分が至極まっとうな主張をしているような気持ちになった。事実と嘘の関係がいつのまにやら転倒してる、気がしないでもないけど、作家佐藤正午としては競輪やってないのが事実なんだし、白々しい嘘をついているという罪の意識は希薄だった。その場ではね、僕は佐藤正午として記者と会ってるわけだから。

記憶ではけっこう揉《も》めた。あくまで競輪にこだわって、予定どおり記事を掲載したい記者と、掲載してほしくない僕と、押し問答になった。……まあ、だいぶ昔の出来事だから、相手は忘れてるかもしれないし、どうにでも僕の都合の良いように思い出して書けるわけで、というか、すでに都合良く書いてるわけだけど、結局、その取材は中止になった。せっかく遠方から来てくれた記者を佐世保駅そばのホテルで追い返す恰好《かっこう》になった。

憤然と、だったか、困惑気味に、くらいだったか席を立った記者が、ショルダーバッグさげて佐世保駅へと引き返す後姿を、僕はホテル二階の喫茶室の窓から見ていた憶えがある。歩きながらそのひとは何回も首をひねった。いったい、おれ、何しに佐世保まで来たんだろう？　そう思っているように見てとれた。まいったなあ、記事の穴どうやって埋めるかなあ……それにしても、あいつ、何なんだよ、あの佐藤正午って作家、こっちは時間使って取材に来てるのに、あの態度、あの言い草、競輪やめたって言うけど、ついこないだまでやってたんだろう、競輪場行って写真撮るのがなんで虚偽報道になるんだよ？　……なるか？　いや、ならねえだろ、ふざけんなよ、クソ、さんざん競輪で飯食ってきた作家のくせに。


そのあたりからだんだん競輪場に行きづらくなった。

中止になった取材の日、記者の後姿を見送っていたあたりから。

おかしな話だけど、そうなった。

もちろん僕が競輪場にいても、あ、佐藤正午だ！　あいつ競輪やめたって言ってたくせに、車券買ってるぞ、なんて言うひとは一人もいない。いるはずもない。だいいち作家としての「もう競輪やめました」宣言なんかみんな知らないわけだし。だから気にする必要はない。全然ないはずなんだけど、どうも競輪場での居心地が悪くなった。

居心地が悪くなったのはおそらく、原稿を依頼してきた編集者や取材にやってきた記者への応対に、僕が後ろめたさを感じてたせいだろう。競輪をやりたい一心の、純粋な競輪愛から思いついた嘘とはいえ、嘘をついたことに変わりはないからね、方便だろうと何だろうと嘘は嘘だよ。ひととして良心が痛まないわけないんだ。実際のところ、競輪やめた人間がしれっと競輪場にいる、なんか矛盾してないか。

だって競輪やめたのは作家佐藤正午だから、という理屈は自分には通用しても、他人にはどう聞こえるだろう。じゃあいま競輪場にいるおまえは誰なんだよ？　と誰かに訊かれたら何と答えればいいんだろう。そんな小難しい質問してくるひとは競輪場にはいないと思うよ、でも、仮に、編集者や記者に見つかって疑問を呈されたらどう言い訳すればいいんだろう。あんた競輪やめたって言ったよね？　はい、すいません、でもちょっと聞いてください……どんな言い訳ができたとしても、なるほどね、って納得してもらえるだろうか。

競輪場にいても落ち着いて車券が買えなくなった。

見知らぬ顔は全員、競輪雑誌の関係者に思えた。背広着てるひとは出張の編集者に見えた。ショルダーバッグをさげた男性を見かけると、あのときの記者じゃないかと疑って、いったん物陰に隠れて様子をうかがったりもした。ほんとに競輪やめたかどうか裏を取りに来てるんじゃないか。で、そのうち、気がついてみると、書く仕事と切り離してのびのびやるつもりだった競輪、人目気にして、かえっていままでよりも縮こまってやるようになっていた。自分で自分の首を絞めるってこれか、こういうことか？

二〇〇六年秋、久しぶりに車券に手を出すまで、まる二年か三年かのブランクがあったって前々回のメールに書いたよね。つまり競輪とはすっぱり縁を切って暮らしてたわけだけど、実は、そうなった原因がいま話したようなことなんだよ。書いてるうちに思い出した。それがすべてじゃないにしても、きっかけの一つはそれだったんだ。競輪をやりたいがための、軽はずみな嘘、その嘘がきっかけで競輪をやめるはめになった。まったくもって予想外の顚末《てんまつ》。事実は小説より奇なり。今回のメールのタイトルはそういう意味。

202
オオキ
2019/03/11
13:08

件名：平成のはんぶん

先週月曜日の深夜、正午さんからＬＩＮＥで「ミモノ」だって教えてもらったＹｏｕＴｕｂｅの動画ありましたよね？　アレ、あの晩に見ました。既読スルーしちゃってすみません。見終わったのがもう明け方に近い時間だったんで。

そんな時間でもオオキは爆笑してました。ああいう動画よく見つけますね。どんだけＹｏｕＴｕｂｅでチャンネル登録してるんスか？　なんなんスか、あの「おじ５《ファイブ》」

と呼ばれる五人組のおもしろさは。自分と同年代くらいの五人が、わいわいボートの予想して舟券買って、レース見ながら「ばっきゃろおおお！」とか叫んでるようすに、オオキは奇妙な親近感もおぼえました。

ところで。先月のメールに、

２００３年て、『きらら』も創刊されてない頃です。

と書いてたとき気づいたことがあります。話が脇道に逸《そ》れるんで、先月はなんにも書かなかったんスけどね、正午さん、今年の５月で『きらら』は創刊15周年をむかえるんです。お祝いに佐世保で乾杯しましょう、みたいな悪ふざけ書こうっていうんじゃないスよ。わりと真面目なノリで……、

正午さん、15年ですよ。

創刊直前の２００４年４月、ぽかぽか陽気を通り越して、もう夏かよ、みたいな暑い日でした、創刊編集長に連れられてオオキが初めて正午さんと会ったのは。正午さんは忘れちゃってると思いますけど、場所は島瀬公園。玉屋に買物の用事があるとかで、あそこで待ち合わせたんです。初対面のオオキがよく憶えているのは、ご挨拶や打ち合わせをひと通り済ませたあと、最後に正午さんが編集長に真顔で「イナガキさん、担当ほんとにこの人でだいじょうぶ？」とおっしゃったことです。

あれから15年、『きらら』と毎号欠かさずお付き合いがつづいてるって、単純にすごくないスか？

いや、業界を見渡せば、週刊誌で30年以上つづくエッセイ連載とか、超人的な例もあるようですけど、これまでの佐藤正午史35年のうち15年、平成のはんぶんですからね。もう『きらら』での連載は、ライフワークって言い切っちゃっていいんじゃないスか？　ライフワークがオーバーなら、毎月の習慣？　くらいでどうでしょう。あと正午さん、この15年間でオオキにいちばんムカついたことってなんですか？

最後に遅ればせながらの報告です。

ブックファースト新宿店で毎年開催されている「名著百選」というフェアがあります。多くの著名人や作家がそれぞれお薦めする一冊が、推薦コメントとともに店頭にズラリと並ぶフェアです。つい先日知ったことですが、昨年末のそのフェアで、小説家の遠田潤子さんにハトゲキを紹介していただいてました。このお言葉、めっちゃうれしいですね。

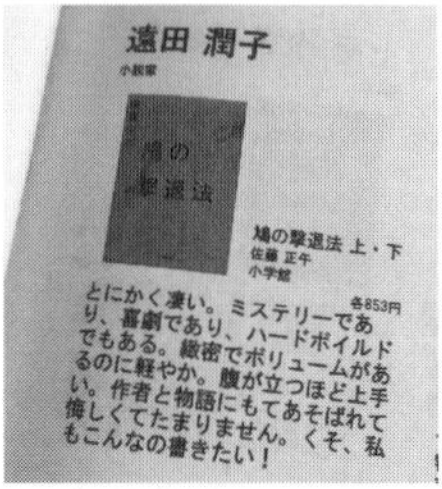
遠田 潤子
小説家
鳩の撃退法
鳩の撃退法 上・下
佐藤 正午
小学館
各853円
とにかく凄い。ミステリーであり、喜劇であり、ハードボイルドでもある。緻密でボリュームがあるのに軽やか。腹が立つほど上手い。作者と物語にもてあそばれて悔しくてたまりません。くそ、私もこんなの書きたい！
📎「名著百選」目録より.jpg

203
佐藤
2019/03/22
11:33

件名：Re：平成のはんぶん

　たしか『きらら』創刊十周年の年だったと思う、十年の節目を祝う会みたいなのが東京で開かれたでしょう、執筆者を招待して、僕は呼ばれなかったけど、そのお祝いの会のあと、佐世保を訪れたイナガキさんオオキくん両名から、

「これまで、創刊号から一号も欠かさず、十年連続、つまり百二十回連続で、携帯メール小説に、その選評に、ロングインタビューに、ハトゲキにと、何かしら『きらら』に書き続けている作家は佐藤正午ひとりだけ」

　……だから光栄に思え、みたいな話を聞かされて、僕もその気になって、じゃあ連続記録を未来へ伸ばしていこうと、それからまた五年、今日まで毎号毎号休まず原稿を書いてきたわけだけど（書かせていただいてきたわけだけど、と書くべきかもしれないけど、平成ふうに）、実のところは、「創刊号から一号も欠かさず」の連続記録なんて最初から伸ばしようがなかったんだ、僕にはその資格がなかったんだ、という事実に先日気づいた。

いま、手もとに二〇〇四年発行の『きらら』6月号がある。

巻末の「きらら通信」と題された編集後記に、「創刊号をお届けします」と書かれているのでこれが創刊号なのは間違いない。

で「きらら通信」の右隣のページにある「執筆者紹介」に目を通してみる。

一ページを上段中段下段と三段に仕切って、そこに計十一名の執筆者が紹介されている。上段には片山恭一さんの名前がある、嶽本野ばらさんの名前がある、市川拓司さんの名前がある、下段の左端には、どんぐり先生こと盛田隆二さんの名前もある。

佐藤正午の名前は、どの段にもない。

そんなはずないと思って前に戻って目次を見る。

目次は横組みで、上から掲載ページの数字の若い順に、作家名と小説のタイトルが並んでいる。片山恭一さんの『遠ざかる家』がある、嶽本野ばらさんの『続・下妻物語』がある、市川拓司さんの『桜咲く、桜舞う』がある、ずっと下のほうに「携帯メール小説大賞募集」のお知らせと一緒に、どんぐり先生の携帯メール小説「満月」がある。佐藤正午の小説はない。携帯メール小説もない。ていうか佐藤正午、何も書いてない！

これどうなってんの、オオキくん？

な？

創刊号から一号も欠かさず、のはずじゃなかったのか。そう言わなかったか？　僕はその言葉に乗せられて、創刊号からの連続執筆世界記録をいずれは樹立するつもりでいたんだよ。ギネスブックの雑誌連載部門に名前が載って、そんな部門あるのか知らないけど、記念のタテかトロフィーか貰って、記念品貰えるかどうかもよく知らないけど、とにかく、よかったね、よくここまで頑張ったね、とみんなから（ふだん本とか雑誌とか読まない人たちからまで）お祝いの言葉をかけられる日を夢見てたんだよ。なんなら紙吹雪も舞うんだよ。世界記録なんだから。でも肝心の創刊号に何も書いてないとなれば記録不成立だよね？　ギネスブック挑戦もおじゃんじゃん？　おじゃんじゃん？　て、自分で書いといてどうかと思うけど、意味わかるでしょう。みずのあわ、だよ。水泡に帰《き》した努力だよ。どうしてくれんの、これ、この状況、なんていうか、突然の、目標喪失、日増しにつのる無常感、ここまで持続してきたチャレンジ精神の持って行きどころ。

まったくもって、ため息しか出ない。

今回はほかに書くことがない。

無常感につかまって書くこと何も思いつかない。

じゃあこれで、と（てのひらの絵文字付きで）終わりにしたいとこだけど、そういうわけにもいかないから——本音を言うと、この連載がのちに（幸運にも）一冊の本にまとめられたときのことを考えれば、ここで終わったほうが、つまり毎度毎度同じ長さのメールが並ぶよりも、たまに短いメールの回がはさまったほうが、めりはりがきいて断然いいような気がするんだけど、でも連載時には連載時の都合というものもあるからね——この話題、続けるしかない。


いま手もとに二〇〇四年発行の『きらら』9月号がある。

6月号が創刊号だから、これは創刊四号だ。創刊二号の7月号と創刊三号の8月号が抜けてるのは、なぜなのかわからない。もともと僕は整理整頓の苦手な、ずぼらな性格だし、十五年も昔の雑誌が全号きちんと揃ってたらむしろそのほうが不思議、というべきかもしれない。こないだ、なんかどっかで見たような気がする、と思って家じゅう探して、DVDやらCDやら、あとなぜかヨーヨーやらルービックキューブやらまで適当に詰めこんだダンボールの中から見つけたのが（二〇〇四年発行分では）6月号と9月号の二冊だけだった。

この9月号の目次に、佐藤正午の名前がある。「火曜日の愛人」と題した携帯メール小説を書いている。それだけじゃなくて「携帯メール小説大賞第3回月間賞発表」というのがあって、そのページに短い選評も書いている。小説も選評もざっと読み返してみた。他人が書いたものを読むように新鮮な気持ちで読めた。

つまり自分で書いたものをたいがい忘れていた。ただ「火曜日の愛人」については、中身は記憶から飛んでいても、タイトルに引っかかりがある。これは火曜日の前に月曜日があったはずだ。

本棚から『正午派』を取り出して（困ったときの『正午派』頼み）年譜にあたってみると、二〇〇四年七月、確かにこう記されている。

――「月曜日の愛人」（「きらら」）

これですっきりした。

佐藤正午は二〇〇四年7月号に携帯メール小説「愛人シリーズ」の初回「月曜日の愛人」を書いている。

同じく第1回の「携帯メール小説大賞月間賞」が発表されたのも7月号だろう、9月号で第3回月間賞が発表されてるんだから。

だんだん事実が見えてきた。

そうすると8月号では「携帯メール小説大賞第2回月間賞」が発表されて、やはり僕は選評を書いているだろう。選評を書くのは毎月、携帯メール小説を書くのはもう一人の選者どんぐり先生と月交替で、僕の順番は奇数月に回ってくる。

整理する。

偶数月の号には、応募作の中から月間賞を選んで選評を書き、奇数月の号には、選評に加えて自ら携帯メール小説も書く。創刊二号にあたる7月号以降、その手順の繰り返しで『きらら』と毎号つきあうことになった。

それがいつまで続いたかというと、二〇〇九年7月号まで。

↓

間を置かず、二〇〇九年8月号からはいよいよこのロングインタビューの連載開始。

↓

そこまでは『正午派』の年譜で確認できる。

↓

奥付を見ると『正午派』が出たのは二〇〇九年十一月だから、当然、そこからさきの年譜は載っていない。

↓

ではその後、ロングインタビューの連載をいったん中断してハトゲキの連載を始めたのはいつだったのか。

↓

こんどはハトゲキ単行本下巻の「初出」を見てみる。
するとـ『きらら』二〇一一年8月号〜二〇一四年7月号（全36回）とある。

←

これで事実の全貌が見えてくる。

二〇〇四年7月号から佐藤正午は携帯メール小説月間賞の選評を毎号書き、同年同号から二ヶ月に一度携帯メール小説を書き、二〇〇九年8月号からロングインタビューの返信メールを毎号書き、二〇一一年8月号から長編ハトゲキの連載に着手し、一号も休載することなく、終了後の二〇一四年8月号からロングインタビューに戻ってまた毎号休まず返信メールを書き続けている。

←

二〇一九年、ロングインタビュー続行中のいまに至る。

←

こうして過去を振り返ると、オオキくんの言うとおりで、

「あれから15年、『きらら』と毎号欠かさずお付き合いがつづいてるって、単純にすごくないスか？」

すごいと思う。平成のはんぶんの十五年も毎号欠かさずおつきあいさせていただいて有り難いとも思う。

でも厳密には、すごくない。←

なぜなら「あれから15年、毎号欠かさず」ではないから。←

「あれから15年」の「あれから」にこめられた意味、起点としての創刊号が欠けているから。

僕が毎号欠かさず書いてきたのは創刊二号からだから。←

創刊号から毎号欠かさずならほんとに単純にすごかったかもしれないけど、ギネスブックの目もあったかもしれないけど、そうじゃないから複雑な気持ちになる。ため息つきたくなる。←

今回はほかに書くことがない。日増しにつのる無常感のせいで何も書く気にならない。YouTubeのボート動画の件も、テレボートに加入して舟券買ったりした件も、初対面の日に真顔で「イナガキさん、担当ほんとにこの人でだいじょうぶ？」の件も、同業者による的確なハトゲキの寸評「このお言葉、めっちゃうれしいですね」の件についても。

じゃあここまで、と終わりにしたいけど、連載の都合上そういうわけにもいかない。もう少しこの話題つづけよう。

←

無限ループに入る。

←

な？

ほんとにこれ、どうしてくれるの。

創刊号から毎号欠かさず書き続けてきたと勘違いしてたのは、僕ひとりの思い込みなのか、思い込みの原因になった『きらら』創刊十周年の年、五年前の佐世保で聞かされたあの台詞《せりふ》は聞き違いだったのか、それともオオキくんも僕と同じように創刊号から毎号欠かさずだと思い込んでいたのか。今日の今日まで、おたがい十五年前のスタート地点を忘れて偽りの記憶にしがみついていたのか。そこんとこどうよ？　言い訳があるなら聞かせてほしい。

件名：事実と偽りの記憶

204
オオキ
2019/04/10
04:30

正午さん、よく気づきましたね。ていうか、自分の原稿も載っていない（唯一の）『きらら』を、よく15年間大切に保管していてくださいましたね。

そうなんスよ。ちょうど15年前の『きらら』創刊号では、正午さんから原稿をいただいてなかったんです。この事実にオオキが気づいたのは、前回のメールを書いてるときでした。「正午さん、15年ですよ」と書いたところで無性に懐かしくなって、編集部の書棚の奥から久々に引っぱり出したんです、赤い椅子の写真が表紙の創刊号を。で、それを最後までぱらぱらめくっていって、目が点になりました。

ありゃ？　正午さんの原稿は？

いろいろとショックでした、「創刊号抜け」の事実が自分の記憶からすっぽり抜け落ちていたこともそうですし、正午さんと「創刊号から一号も欠かさず……」といった話をしたこともなんとなく憶えていましたし。あと、書きかけのメールに「正午さんには、創刊号からずーっと原稿をいただいてる」と堂々と書くつもりでいたオオキには、さしあたって、この先の文面どうすんの！　問題も持ち上がりました。

まいったな。衝撃の事実が判明しました、みたいな感じで正午さんにそのまま「創刊号抜け」をメールで伝えちゃう？　どうだろ？　創刊15周年とか書いといて、てめーで水を差すか？　コレ知ったら正午さんもショックだろうしなぁ。

そんな自問自答を、深夜だれもいなくなった編集部でくり返した末、「創刊号」をNGワードに、アプローチを２００４年４月の確かな記憶のほうに移行して、「毎号欠かさずお付き合いがつづいてる」とぼかして書いたんです。いやいやいや、誤解しないでください。正午さんを騙《だま》そうとか思ってそう書いたんじゃないスよ！

どうしてこんな記憶ちがいをしていたのかわかりません。初対面のときの細かなことは鮮明に憶えてるのに、肝心の誌面での事実は、歪《ゆが》んだかたちで記憶してる。記憶って不思議ですよね？

先月、正午さんが不確かな記憶として書いてた『きらら』の「お祝いの会」。ここで少し事実を補足させてください。コレ創刊10周年じゃなくって、「創刊１００号を祝う会」です（10周年では何もお祝いしてません）。当時の案内状などを編集部のＰＣで確かめました。２０１２年９月７日19時から南麻布で開かれてます。オオキは受付係でした。案内状を出した方々、出欠のお返事の有無、当日の出欠状況もすべて記録が残ってます。

会場には歴代執筆陣ばかりでなく、イラストレーターや書店関係者など、60名ほどのゲストにお越しいただきました。そのなかには、『きらら』を創刊号からチェックしてくださってる校正担当の方もいました。いまも編集部オオキのこの妙な言葉づかいや、正午さんのキータッチミスなどを、隈《くま》なく指摘してくださってます。そんな信頼のおける方が、先月号のゲラで「お祝いの会」のくだりをスルーしていたのは、これまた記憶ちがいのせいだったのかもしれません。あとは、なんスか？　たとえ事実とちがってても、ソレっぽく読ませちゃう正午さんの言葉のトリックとか？

そういえば、津田伸一も「事実を曲げる。つまりなかったことを、ためらいなく、物語上あり得た事実として書いてしまう」と言ってましたね（『鳩の撃退法　上』より）。いや、津田が言ってるのは執筆中の小説のことで、ここでは話がややこしくなるんで、これ以上そっちに踏みこまないでおきますけど。

でも正午さん。

過去に実際にあった事実そのままより、時には、事実と異なる記憶を受け入れたほうが、人生たのしくなったり、おもしろくなったりすることもあるじゃないスか？

小説の話じゃないスよ、正午さんやオオキが普段生活してる現実世界の話として。

たとえば、何年か前に弥彦のレースで買った500円の車券が、ごじゅうまんえんに化けた幸運な記憶があったとするじゃないスか。すると、弥彦はゲンのいいバンクに思えてくる、他のバンクよりは大儲《おおもう》けの夢もちょっぴりひろがる、春になって弥彦でレースが開催されたらなんだか心が躍る、予想紙ひろげて飲むコーヒーもひと味ちがう、タバコがいつもよりうまい。

考えただけでもうずうずしてくる時間ですよね。でも幸運な記憶には齟齬《そご》があったんです。実際の払戻しはごせんえんだった、これが事実です。それをどういうわけだか、ごじゅうまんえんと憶えてる。偽りの記憶です。本人は知りません。事実を知れば、当然あの至福の時間はしぼんでしまうことでしょう。

こんなたとえ話書いてるうち、事実というやつがオオキには残酷な悪党にも思えてきました。事実てめー許せねぇ、尊い記憶に近づくんじゃねぇ、なんでもかんでも正確に、四角四面に切り取りやがってよ、10周年じゃなくて100号？　知るか！　この期《ご》に及んで「創刊号抜け」を突きつけるなんざぁ、血も涙もねぇやつだ、津田伸一にねじ曲げられて当然だ！

正午さん、こんなやつシカトしときましょ。

もし正午さんが、（じつは）どこまでも事実を重んじる人で、ギネスとかの記録にとことんこだわるんでしたら、お手もとの創刊号、3ページをご覧ください。携帯メール小説大賞の選考委員として、正午さんのお名前がしっかり記されています。先月これを見つけたオオキは、首の皮一枚の思いで「毎号欠かさずお付き合いがつづいてる」と書きました。創刊号の3ページ、開いていただけましたか？　クレジット連続掲載記録は『きらら』創刊号から現在も更新中です。

おまけ写真。「創刊１００号を祝う会」には欠席のお返事をいただいていたようです。正午さんはこの時期ハトゲキの30章を執筆中で、幸地奈々美を妊娠させることに集中していたんだと思います。ボカシが多くてすみません。

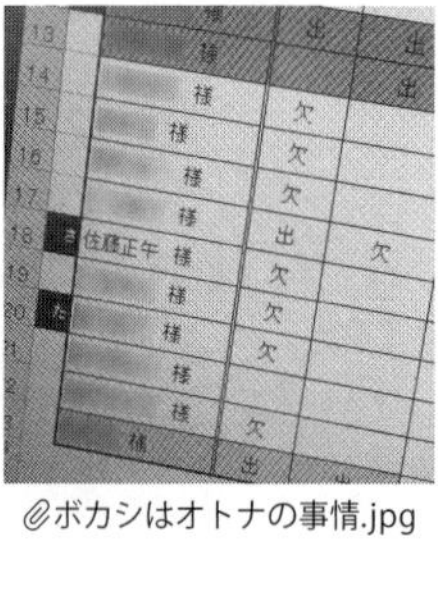

ボカシはオトナの事情.jpg

205
佐藤
2019/04/19
13:13

件名：記憶について

編集者として、作家佐藤正午と初めて佐世保で会ったときの「細かなことは鮮明に憶えてるのに」、佐藤正午が『きらら』創刊号に何を書いたか書かなかったかは「歪んだかたちで記憶している」。前者の出来事は正しく記憶しているのに、後者の事実は間違って記憶している。そのへんが「記憶って不思議ですよね？」とオオキくんは同意を求めてきてるわけだね？　質問らしい質問もなく、そのために長々とメール書いてよこしたわけだね。

まあ、短くすませられることを長々と書くことに関しては、僕もひとのことは言えないから黙って見過ごすとして、あと「記憶って不思議ですよね？」のほうも別に斬新な感想ではないし異をとなえるつもりもないから、うんそうだね、と一回うなずいておいて、ここでは、たしかに「記憶って不思議」だけど、オオキくんのメールにあるように、一方の記憶は細部まで正しくありのままのかたちをしていて、もう一方の記憶は事実と異なり「歪んだかたち」をしている、つまり、どちらも自分の記憶なのに、記憶には本物と偽物と二種類ある、だから不思議なのか？　そういうことを少し考えてみる。考えながら書いてみる。書きながら考えてみる。質問らしい質問がないから、こっちで工夫するしかない。

いま取りかかっている長編小説は「ひとの記憶」を扱ったストーリーで、書き出すはずみになるかと思って、専門家が一般向けに平易な言葉で「記憶」の仕組みを解説している本を読んだりしたんだけど、それらの本によると、記憶とは、僕の理解では「ありのまま」にしても「歪んだ」にしても「かたち」を持たないものなんだ。ふだんどこかに眠ってるのを、必要なとき摑《つか》んで引っぱり出して明るい光の下で詳しく見てみる、そういうものではないんだ。

揺らぐ陽炎《かげろう》みたいなものだ。

記憶は、その記憶を思い出すときに、思い出すひとの、いまある状況、心の持ち様に左右される。生きていると日々様々な情報が入ってくるでしょう、情報って、今朝の天気とか、事件のニュースとか、ご近所さんの噂話でもいいし、自身の体験でもいいし、株価の変動とかでもいい、そういう情報によって心の持ち様は変わる。一定の、安定した心を持って生きられるひとなんていないよね。ひとの心は日々変わるし、その日々の積み重ねで、ひとは年々変わっていく。いや、ひとは年々変わったりしないかもしれないけど、ひとは年々年老いていくだけかもしれないけど、昨日と今日、過去と現在では、同じひとでも心の持ち様は違ってくる。そうすると、ものの考え方が、じゃなくて、ものを考えるときの、発想の入口、過去の思い出に入っていくにしても、開けるドアが違う。

たとえば美味しい酒を飲んで気分がハイになっているときに、何かの拍子に作家佐藤正午の話題が出て——「オオキくん、佐藤さんとはもう長いつきあいだよね」「そうですね、十五年になります」——正午さんとの初対面の日を懐かしく思い出す、その記憶と、あくまでたとえばだけど、仕事でミスを犯してしょんぼりして喫煙室で煙草を吸っているときに、たまたま横にいたひとが作家佐藤正午の話題を振ってきて――「創刊100号のお祝いの会、あのひとも呼んだほうがいいかな、気難しいひとらしいから、招待状送るだけ無駄かな」「無駄でしょうね」――そこから嫌でも正午さんとの初対面の日を思い出す、その場合の記憶とは違うんじゃないか。

昨日思い出したとき、初対面の記憶の正午さんは笑顔で冗談とばして酒を飲んでいたけれど、今日の正午さんは真顔で「イナガキさん、担当ほんとにこの人でだいじょうぶ？」と意地の悪い発言をする、そういうことが起こりうる、極端な話、昨日と今日ですら、別人のような印象になる。

だとしたら、先月と今月、去年と今年ではもっと別人だろう。十年前と現在とでは正午さんはまるで別人かもしれない。記憶をたどる入口がまるで違えば、めぐる回路も違い、出口にたどり着いたとき目にする思い出の景色も（たぶん）まるで違う、そうなるのが当然だろう。もちろん、現実には、そうしょっちゅう正午さんとの初対面の日を思い出す機会などないにしても。

ところでここで問題なのは、そうしょっちゅうではなく、たった一度でも思い出す、するとそのときから、それがそのひとにとってなかなか動かしがたい記憶になる、ということだ。過去への入口から入って行き着いた出来事、十年ぶりか十五年ぶりか知らないけど、そのとき頭に描いた場面や人物像が、そこから唯一の、正しい記憶になる。別バージョンの記憶は、ない。記憶のなかの正午さんはひとりしかいない。

パソコンのファイルの置き換えみたいなものだ。

記憶は、その記憶を思い出すとき、以前あった記憶とまるごとすげ替えられる。同名のファイルがありますが、置き換えますか？　とパソコンが訊いてくるでしょう。あれと同じで、正午さんの人物像は、オオキくんの頭のなかで、正午さんのことを思い出す機会があれば、そのとき古いものを消し去って別のものに置き換えられている。古いものは正しい過去で、別のものは間違った過去かもしれない。でもオオキくんは、その置き換えに気づかない。なぜならオオキくんはオオキくんだから。ひとの心の持ち様は日々、年々、変わっているとしても、オオキくんの人格は日々、年々、変わることなく、人の常として、ただ年老いていくだけだから。

こうして初対面の日から十五年が過ぎたいま、中年の編集者となったオオキくんの記憶のなかで、佐藤正午はあの日、若い編集者を前にしてパワハラまがいの発言をした、態度のでかい、いけすかない作家に仕立てあげられている。そうなった理由はわからない。いつそうなったかもわからない。実像か虚像かもわからない。僕の記憶のなかでは、佐藤正午はデビュー以来一貫して、いつの時代においても、誰を前にしても、でかい態度のとれる作家ではないんだけれども。そもそも僕は、オオキくんが「よく憶えている」と前回書いてきたその発言を自分でしたおぼえがないんだけれども。

僕はなにもオオキくんの記憶にケチをつける気はないんだ。ケチをつけないかわりに、百歩譲ってこう思うんだ。仮に僕が、その発言とわりと近いことを言ったとする、十五年前、真顔で、言ったのだとして、じゃあさ、だったらオオキくんの記憶のなかのイナガキさんは、「イナガキさん、担当ほんとにこの人でだいじょうぶ？」と言われた当のイナガキさんはそのとき、十五年前、いったいなんと答えたんだよ、思い出せるか？

いや、やっぱりそれはいい、聞きたくない。

記憶と記憶を突き合わせても意味がない。結局、言った言わないの不毛な争いになる。しかも僕たちの記憶は長い年月を経るあいだにすでに「置き換え」られているわけだし、実際に起きた出来事を正確に再現するのは不可能だ。動画に撮ってYouTubeにでもあげていないかぎり勝敗のつけようがない。ひとが過去の一場面を思い出す、すると思い出す人数分だけ食い違うもの、それがひとの記憶。

ただ、そうは言っても事実は事実としてあるよね。たとえば『きらら』創刊号の一件、そこに僕が「何も書いていない」という、シンプルな事実がある。この事実に関しては、僕はオオキくんに言われて「何か書いた」と思い込まされてただけで、自分では何も憶えていなかった、いわば最初から「置き換え」られる記憶を持たなかったわけだから、今回差し出された事実を、そのまま事実として受けいれる以外ない、というより、そのまま素直に受けいれられる。

でもなかには受けいれ難い事実というものもある。僕自身の記憶の「置き換え」に深く関わる事実だ。オオキくんは「事実というやつ」は「残酷な悪党」に思えると書いている。僕に言わせればそうではない。残酷な悪党でも、反対に優しい善人でもない。

無口な影みたいなものだ。

事実は、善悪の性格を持たないし、自分からは何も喋《しゃべ》ってくれない。光があたると姿を現して、じっと立っている、それだけ。事実が無口って、どういう意味かというと、今年最初の「中吉」と題したメールに、記憶と資料をもとにして、競輪の的中車券の思い出を書いたでしょう？

……ある年の夏、ＧＩの決勝レースで、井上が中野の捲りを差す車券に一点張りして、幸運にも当たったことがある。その払戻しの一万円札の束を、二つに折り曲げて、開かないように輪ゴムで留めて、机の抽き出しに転がしておいた。

こんなふうに書いたんだよね。でもこれ、最初はこうじゃなかった。抜粋した頭のところ、記憶に忠実に書けば、「ある年の夏」じゃなくて「ある年の暮れ」となるべきだった。

なぜなら、その一点張りの車券が的中したとき、競輪場の払戻しの窓口で、その窓口の担当のおばちゃん（当時の僕よりも目上の女性）から、一万円札の束と一緒に、

「いいお正月になるね」

という言葉を受け取った記憶があったからだ。

年の瀬の競輪に、家賃にまわす予定の金を一か八か賭けて、それが幸運にも当たって、窓口のおばちゃんに、良かったね、いいお正月になるねと言われて、うん、ほんとだよ、ほんとに良かった、とおばちゃんの言葉がすっと胸に入ってきた、そのときの記憶がずっと鮮明に残っていたからなんだ。

ところが念のため資料にあたってみると、僕の記憶は事実に反していた。事実とし

て僕が的中させたのは、年の暮れではなく真夏におこなわれたレースだった。だから僕は事実に沿って、記憶を修正して、あのエピソードを書いた。井上が中野を差して優勝したGⅠ決勝レースを、もし事実度外視、記憶優先で年の瀬の競輪にしてしまえば、僕の書くことは土台から嘘になる、と判断して。

でね、いま僕が何を言いたいかというと、そうやって記憶を修正して、当時の思い出を書いたときに、確かにこれは事実に沿ってはいるけれど、自分の気持ちとしては、どうも作り話っぽい、なんだかキーボードを叩《たた》く指に十分に力がこめられない、実話を書いている実感がない、実感の重みが足りない、そんな気がしたんだ。僕にとっての実感の重みになるものは、やっぱり、あのおばちゃんの一言なんだね。つまり嘘のない文章を書くために記憶を修正したはずでも、実のところ、記憶は修正されていない。いまでも僕の記憶のなかには競輪場のおばちゃんが登場して「いいお正月になるね」と僕に言う。

事実は意外と無力だと思うんだ。

事実は何も変えられない。いや、何も変えられないは言い過ぎかもしれないけど、少なくとも、ひとの記憶をねじふせて、正す力はない。真夏の競輪を年末の競輪だと、僕がなぜそんな思い違いをしたのか、事実は一切教えてくれないからね。黙して語らず、そこに立っているだけで。無力だし、無口なんだよ、事実は。ふーん、そうか、と僕は思う。きみが事実か、でも僕の記憶のほうが、きみよりもずっと事実っぽいぞ。
　十五年前、オオキくんと僕が初めて会った日、その日を撮《うつ》した動画がＹｏｕＴｕｂｅにあがっていたとする。オオキくんはそれを見ることで古い事実と再会する。なんだ、きみが事実か、そうだったのか、正午さんはあの日、若い編集者の能力を疑うような意地悪な発言はしなかったのか、とオオキくんは思い知らされるかもしれない。けれど動画を見終わったあと、一と間置いて、最後に残るのはこの世界の現実か、それとも、オオキくん個人の、いつかどこかの時点で置き換えられた記憶か？　僕にはその答えが想像できる。事実を目の当たりにして、それでもなお、僕のしなかった発言がした発言としてオオキくんに（だけ）聞こえ続けるのだとしても、驚きはしない。責めようとも思わない。むしろそのときこそそこに、あの、記憶って不思議ですよね？　の凡庸な感想の生きる場所があると思う。

件名：おばちゃんの言葉

「いいお正月になるね」

206
オオキ
2019/05/11
13:23

ってい う払戻し窓口のおばちゃんの言葉、コレどっかで聞いたおぼえがあるなと思ったら、正午さん、書いてましたね、今年最初にいただいたメール「中吉」に。昔の僕だったら、というシミュレーションの最後で、払戻し窓口じゃなくて、発売窓口のおばちゃんが言ってます。

「当たるといいお正月になるね」

的中車券を払戻す場面と勝負車券を買う場面。シチュエーションがだいぶちがいますし、特に後者の言葉は、もしオオキがそんなこと言われたら皮肉のニュアンスまで汲《く》み取って、その場で逆上する、は大げさにしても、受け取った車券がレース前からハズレの烙印《らくいん》を押されたような気がするんスけど、まあそれはそれとして。

ふたつの言葉、似てるっていえば似てますよね。

記憶に残ってるおばちゃんの言葉「いいお正月になるね」は、1990年夏のエピソードにそのままくっつけては書けない。でも、あの原稿の別の箇所、2018年末の「あり得た車券の買い方」を想像してるところで、その言葉を使っている。

正午さん、なんとか（多少かたちを変えてでも）おばちゃんの言葉を埋め込みたかったんですか？　そこまでこだわってないとしたら、書いてる本人しか知りようがないちょっとした遊び心とか？　そうでなければ、なんだ？　まさか、ふたつの言葉の相似は単なる偶然っスか？

と、この連載の副題に「小説のつくり方」って入っている手前（副題をつけたのはオオキではありません）、いちおう、正午さんの仕事場をのぞき見するような話題を書いときました。

本題はここまで。

ここからおまけ。インタビューアーを担当して半年、「担当ほんとにこのオレでだいじょうぶ？」と胸に手をあてつつも、連休中、正午さんとまったく連絡とってなかったんで……


正午さん、なんなんスか、脇本のあの強さは！

もちろん見てましたよね？　４月末から６日間にわたって松戸で行われてたＧＩ最高峰の日本選手権競輪。見てるだけじゃなくて、車券に手を出さずにはいられませんでしたね、脇本雄太（福井94期）のあの強さは！

オオキはじっとしていられず、ＧＩ完全優勝の大記録を車券握りしめて見届けましたけど、車券の写真も添付しますけど、不労所得にあたるんで誌面では金額にボカシ入れ

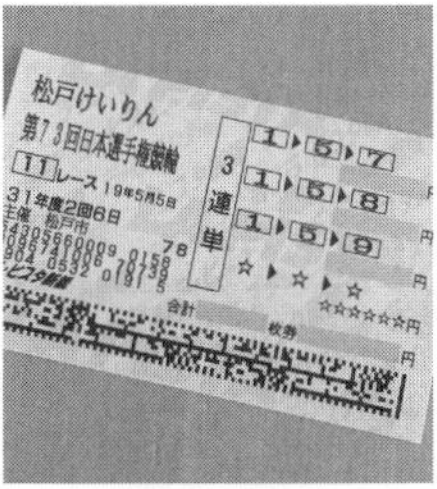

20190505.jpg

ますけど、正午さんは黙って見ていられましたか、脇本のあの強さを。

以前ＬＩＮＥで「比類なき修正力」があるとかないとか話してた選手の走りが、決勝戦の買い目をしぼるカギでしたね。脇本からの①⑤⑨は持ってたはずです。５月５日、佐世保競輪場の大口用払戻し窓口で、おばちゃん、なんて言ってましたか？

207
佐藤
2019/05/23
12:33

件名：記憶について２

比類なき修正力？

オオキくんのメール読んだときはそれが何のことかわからなかったんだけど、「以前ＬＩＮＥで」と書いてあるからたぶんそっちで話題にしたんだろうと思ってＬＩＮＥをさかのぼって見てみたら、ようやく思い出した、古性《こしょう》選手のことだね。こないだの松戸ＧＩ、日本選手権競輪、通称ダービーの決勝戦で脇本雄太の番手をまわった古性優作。

毎日だらだらいい加減に生きているせいか、本気の使いどころを原稿書きの仕事に限定する習いが性となっているせいか、それともたんに年のせいなのかどうなのか、ひとと、いつ何を話題にして喋ったかなんてその場かぎりで忘れてしまう。ひとから言われないと忘れていることにも気づかない。

今年二月、静岡記念の話だ。

二月下旬に静岡競輪場で開催された四日制のGⅢ。

その初日、二日目、古性選手の調子はぱっとしなかった。それは誰の目にも明らかだった。初日特選は7着、二日目二次予選Aは5着。つまりぎりぎりで拾われて準決勝に進出。

三日目準決勝は四番手から捲りを決めて1着だったけど、展開にめぐまれたな、相手にもめぐまれたな、という印象だった。なにしろ二日目までの走りが走りなのでなおさらそんな印象だった。少なくとも僕はそう見なして、最終日の決勝戦では古性選手から車券を買わなかった。調子の悪い選手が悪いなりの走りでお茶をにごして勝てるほどGⅢ決勝はあまくないだろう。他地区の敵は好調で勝ち上がってきてるわけだし。

ところが、古性は優勝をかっさらった。

他の選手に賭けていた僕は損した。競輪で損することには慣れているし、たいてい自分の過ちを素直に受けいれるけれど、このときの損は腑《ふ》に落ちなかった。

しばらくして競輪専門誌「プロスポーツ」にその決勝戦のリポートが掲載されて、

読んでみるとそこに、

比類なき修正力

という表現が使ってあった。古性選手は実際のところ、初日特選を走ったときの調子は悪かった。「初日は優勝できる状態じゃなかった」と本人が語っている。だがそこから比類なき修正力を発揮して二次予選A、準決勝と日に日に調子を取り戻し、さらに調子をあげて最終日には優勝してしまった、というわけだ。まじか、と僕は思った。

たった四日のあいだに、そんなに変われるものなのか。競輪選手の調子ってそんなにあげられるものなのか。でも、そこは比類なき修正力だからね、変えられるのかもしれない。ただの修正力じゃなくて、比類なき、だから。

比類なきって、比べる仲間がほかにいないって意味でしょう。英語でいえばpeerlessだよ。英語でいえばpeerlessだよとか、なぜ突然知ったかぶりをするかというと、いまのいままで僕はそのpeerlessをカタカナで書けばペアレスだと憶えていて、そのペアレスの「ペア」を勝手にアルファベットに変換してpairだと思い込んでた。対《つい》になるもの、ペアにして比較するものがない、つまり比類なき、ペアレスだと。それでさっき、その思い込みの英単語を辞書で探してみたんだけど、ないんだよ、pairless なんて単語、辞書に載ってない。日本語でもそうだけどさ、自分が知ってる単語を確認しようと辞書をひいたら見つからない、あるはずの言葉がない、そういうとき、ちょっとしたパニックになるよね。オオキくん経験ないか？　僕はある。軽率で思い込みの強い性格だから何回か経験がある。またやってしまった。正しいpeerless のほうを辞書で探し出して、peer の意味を知って事の次第を理解するまでずいぶん手間取った。難儀だった。嫌な汗もかいた。何が言いたいかというと、この段落の文頭、比類なきって、と書いてから、英語でいえば……と余計なことに頭が逸れてつい辞書に手を伸ばしてから、いま段落の終わりかけのここまで、寄り道してるってことなんだけど、書くのにけっこうな時間を費やしてるってことなんだけど、ま、そんなことはどうでもいいか。

比類なき修正力の話だ。

これほど見事な修正力をそなえた競輪選手は古性優作のほかにはいないということだ。

修正力って意味は、これはレース開催中の競輪選手の修正力の話だから、まずは選手にとって命の次に大事な自転車、その自転車の整備、というか再整備、よくセッティングを変えるとかいうよね、微調整するとか、その調整能力が一つ。二つめに体調の管理、コンディションの調整力、酷使した筋肉を翌日のレースに備えてどこまで回復させられるかとか。あと三つめに、レースに勝つためのモチベーション、前半戦の予選では足りなかった闘争心を、後半戦の準決勝、決勝へ向けて、日に日に高めていく、自己コントロール、あるいは自己暗示。それから、作戦の修正、今日は先行選手の番手でおとなしくしてたけど、相手次第では、明日は番手捲りだってやる、勝つためなら何だってやる、頭の切り替え、そういうのも修正力に含まれるかもしれない。

ほんとかどうかはわからないよ。わかったようなことは言えるけど、僕は競輪選手でも競輪専門誌の記者でもないから、わかったような気になるだけで、ほんとのところはわからない。

でもあるんだね、修正力。静岡記念の古性選手が――具体的にどんな修正力をもちいて優勝を勝ち取ったのかは知らないけど――それがあることを証明している。

昨日までてんでダメだった選手が、今日はダメじゃないかもしれない、そうなる可能性がある、選手の修正力しだいで、ということを肝に銘じて今後は車券を買いたい。競輪には予想紙というものがあって細かいデータが記載されてるけど、残念ながら修正力まではカバーできてないからね。だからそこは自分の目で見抜いて、古性選手とまではいかないにしても（だって彼は比類なきだから）この選手にはどのくらいのレベルの修正力があるのかないのか、判断して、または想像して、車券を買う。

そんな話を誰かにしたくて、というのは誰かに話せば、二人で共有することでその話題は二倍の広がりを持ち、つまり僕単独で見たこと・考えたこと・経験したことの意味も二倍に、印象度も二倍にあがってそのぶん忘れにくくなるはずだから、とそう思ってたぶんＬＩＮＥでオオキくんに伝えたんだろうね。でもＬＩＮＥで伝えたあと全部きれいに忘れてしまっていた。先日の松戸ダービーのときも、古性選手の比類なき修正力のことなんか一回も思い出さなかった。自分で自分にあきれる。

何を忘れて、何を憶えているか、それは自分にとって何がどうでもいいことで、何が大事なことかを示しているんだろうか。

競輪を、日課みたいにやっている。

午前中から何時間か書き仕事をしたあとで、だいたい午後二時過ぎには、昼ご飯食べながら毎日スカパーの競輪チャンネルを見ている。夕方まで見る。競輪チャンネルは三つも四つもあるから、あちこちの競輪場に切り替えながら見る。少額だけど車券も買う。複数の競輪場で毎日、だからおのずと少額になる。日課みたい、じゃなくて、日課だ。おじいちゃんが毎日決まった時間に犬を連れて散歩する、みたいな競輪になる。年末のオオキ名人の大勝負なんかとはぜんぜん質が違う。

だけど日課だから欠かせない。じつはそれで保《も》ってるところもある。この人生、競輪のおかげでなんとかなっている。競輪がなくなったら、ずいぶんと張り合いのない毎日になるだろう。だから競輪のことは大事に思っている、おじいちゃんが愛犬を大事に思うくらいには。それなのにその大事な競輪の、重要な情報をあっさり忘れる。比類なき修正力を発揮する古性選手。その話を誰かにしたくて、オオキくんにＬＩＮＥで伝えたのに、伝えたそばから忘れてしまう。

この物忘れはどう考えればいいんだろう。自分にとってどうでもいいことでは決してないはずなのに、ひとに話したとたんに忘れてしまう、それは二人で共有することで話題は二倍の広がりを持つのじゃなくて、もしかしたら分かち合うことで二分の一になり、印象も半分に薄まって忘れやすくなるということか。それとも、自分にとってはどうでもよくないこと、それを他人に話す、その話すという行為自体が僕にとってはどうでもいいことなのか、で、どうでもいいことをした自分と一緒に話した内容まで忘れてしまうのか。あるいは、最初に書いたように、僕はただ年をとって物忘れが激しくなっている、それだけのことなのか。

逆向きに考えてみる。

なぜ大事なことを忘れてしまうんだろう、の逆。

どうでもよいことなのに、忘れていないことがあるか。

どうでもよいことだからひとに話す値打ちもないけど、忘れていないことがあるか。
いまひとつ思いついたのは、オオキくんがいつも書いてくる「タイプミス」とか「キータッチミス」という言葉だ。原稿のゲラをファクスで送ってくれるとき余白に「例によってタイプミスがいくつか見つかりました」と書いてくる。僕の原稿に脱字、または余計な文字がくっついている箇所がいくつかあるという意味で。
もちろん校正時のその指摘は、どうでもいいことではない。脱字は埋める、余計な平仮名が一文字くっついていれば削る。ただ、そんなふうにゲラを直して返送するとき、オオキくんにわざわざ伝えるまでもないから（つまりどうでもいいから）黙っているけど、僕の原稿にある脱字や、余分な文字を、タイプミスと言われることに僕は違和感がある。
タイプミスがありますよとオオキくんが指摘してくる、そのタイプミスに見える原稿の当該箇所は、ほんとは、厳密にはタイプミスではないんだ。じゃあ何かといえば、一言で説明するとそれは、書き直しの痕跡、なんだ。……一言で説明してもわからないと思うから、例をあげて説明すると、たとえば、いくつか前の段落の文頭の一文、
競輪を、日課みたいにやっている。
これが仮に、
競輪を、日課のみたいにやっている。

と原稿に書かれていたとする。

そのときこれをオオキくんはタイプミスと呼ぶわけだけど、ここで「日課のみたいに」と意味不明になっているのは、この文節を「日課のように」とか「日課みたいに」とか「日課みたく」とか「日課のごとく」とか何回も迷って書き直し（キーボードの打ち直し）を繰り返したからなんだ。迷ったあげく「日課みたいに」と最終的に書いたんだけど、その前に書いていた「日課のごとく」の「の」を消し忘れて一文字残ってしまった。僕は最初から「日課みたいに」と書くつもりでタイプミスをして「日課のみたいに」と書いてしまったわけじゃない。

文節と文節をつなげて文章を書いていくとき感じ取る、音の数があるでしょう。音節というのかな、「日課みたいに」と書くときその文節には「にっ・か・み・た・い・に」と決まった音の数があるわけでしょう。キーボードを叩くときも頭の中でそれが意識されるはずだから、まっさらのところに「日課みたいに」じゃなくて「日課のみたいに」とか書いたりすると、あ、いまのは何かおかしい、と気づくはずなんだ。余分な音が混じってるから。そのぶん指も余計な数の動きをしているから。だから単純なタイプミスって、ありそうでなかなかあり得ない。

あるのはいったん書いた文章を推敲《すいこう》するとき、書いた文章の上にカーソルをあててキーボードで文字を再入力するとき、言葉を足したり言葉を削ったり言葉を換えたりするときの、ちょっとした不注意、カーソルをあてる場所の見誤り。そのとき一文字の消し忘れが起きたりする。

ね？

これどうでもいいよね。わざわざオオキくんに伝えるほどのことじゃないよね。

でもタイプミスって言葉、最初に見たときからずっと気になって忘れない。タイプミスじゃないんだけどな、と見たとたんに反射的に思ったことを忘れない。

縁起でもないことを言葉にすると、それが現実になるのはまったくないわけでもないからめったなことは書きたくないけど、仮定形で、しかも遠い将来の話、といちおう保険の言葉を付け加えたうえで、オオキくんがよぼよぼの僕に会いに来たとする、正午さんに会うのはおそらくこれが最後になるだろうと予測して。そしていまわのきわに言い残した言葉がないか僕に訊《たず》ねたとする。正午さん、オオキに何か言いたいことはないですか？　すると僕は記憶をたどって、真っ先に思い浮かんだことを口にする。

「タイプミスじゃなかった」

「は？」

「僕の原稿にあった脱字、それから衍字」

「……エンジ？」

「脱字の対義語、余分な文字、ネットで調べた」

「はあ」

「僕の原稿に毎回必ず見つかった脱字、衍字、あれはタイプミスじゃなかった。書き直しの跡だった」

「……はあ」

「それがずっと言いたかったんだ」

　帰り道、オオキくんはこう思うかもしれない。正午さんは最後まで原稿のことを気にしていた。最後の最後まで作家として生きたひとだった。

　そして事実、そういうことかもしれない。そういうことではまったくないのかもしれない。何を忘れて、何を憶えているか、それはそのひとにとって何がどうでもいいことで、何が大事なことかを示しているのだろうか。オオキくんが帰ったあと、僕はさっき（最後の対面で）自分がなぜあんな記憶を語ってしまったのか首を傾《かし》げているかもしれない。遠い昔に、オオキくんがメールに書いてきた一言、記憶って不思議ですよね？　前回も触れた例の凡庸な一言をそのときもまた、こんどは自分自身の率直な感想として思い浮かべているかもしれない。

Ⅱ

二〇一九年、八月

件名：ここまで出てきてるのに！

208
オオキ
2019/06/11
22:27

正午さん、こんばんは。

テニスの錦織圭選手の苗字《みょうじ》の読みを、つい先日まで「にしきおり」だとばかり思いこんでいたオオキです。コレ知らないのオレだけか？　と不安になって、職場で訊いてまわったところ、みんな「にしこり」って答えました。だってオオキさん、中継とかでアナウンサーも言ってんじゃん。うん、それも「にしきおり」を早口で言ってるように聞こえてた。

この話、ネタじゃなくて、マジなのが厄介です。

まあ、恥をかいたおかげで、またひとつ正しい読み方を憶えたんスけど、そうやって憶えたところで、もっと厄介なことが近ごろ急速に自分の身で起きてる気がするんです。

言葉のど忘れ、っていうんスかね。

バーで店員と映画の話をしてるとき、有名俳優の名前が出てこない（ほら、あのひと、えっと……顔も思い浮かぶし出演作もたくさん挙げられるのに！）だとか、海外から届いたメールに返信を書くとき、恰好つけて使おうとした中庭を意味するカタカナ語が出てこない（なんていったっけアレ？　たしか、パ、パ……パセラ？　はどっかのカラオケ屋か）だとか、どっちも今月に入ってからの実例ですけど、人と話すときや文章を書くときに、憶えていたはずの言葉がぱっと出てこないことが、最近しょっちゅうあるんです。年のせいでしょうか。20～30代のころは、ここまで頻繁じゃなかった気がするんですよね。

　正午さんはそんな経験ありましたか？　40代半ばのいまのオオキくらいの年齢のときに。憶えてないスか？

　俳優の名前やうろ覚えの横文字にはちょっとした手がかりがあったんで、その場でネット検索して、ブラピとパティオという名称にたどり着けましたが、検索の糸口になるような言葉さえ絞りだせなければお手上げです。辞書をめくっても、類語辞典をながめてもどうにもならず、たとえばそれが、本のオビに使う文言を考えたり、小説のあらすじをまとめたりしてるときだと、業務にも支障をきたします。もっとぴったりな言葉（ないし表現）があったはずだ、ああ、ほらなんだっけ、ここまで出てきてるのに！　と職場の机でオオキは悶々《もんもん》として頭をかかえてます。で、運よく思い出したとしても、目当ての言葉が意外と簡単なものだったりして腑に落ちないことも度々あります。『月の満ち欠け』で「ときどき簡単な漢字がわからなくなる。こないだ命という漢字が書けなくてびっくりした」と言っていた瑠璃さんを、オオキは笑えません。

正午さんはいま『きらら』を含めて連載3本、それから長編小説の書き下ろしにも取り組まれてますよね？　それらの原稿を書いてる現場で、オオキみたいな言葉のど忘れに見舞われることってありますか？　そういうとき、記憶の底で迷子になってる言葉を正午さんはどうやって捜し出しますか？

件名：言葉のど忘れについて

209
佐藤
2019/06/24
13:03

こんにちわ、オオキくん。

オオキくんによると「いま『きらら』を含めて連載3本、それから長編小説の書き下ろしにも取り組まれてますよね？」の佐藤正午です。なんだか商売繁盛、笹《ささ》持って来い、の空気をかもしている作家です。

たしかに「連載3本」はまちがいではありませんが、でもちょっと上げ底の表現になっていて、正味、というか実数、というかの表現に直せばその3本のうち毎月書いてるのは『きらら』のみで、あとの2本はそれぞれ隔月と、三ヶ月に一回の連載です。
　毎月のこのロングインタビューが年12回、隔月の西日本新聞「佐世保駅7番ホーム」が年6回、岩波書店ホームページ「小説家の四季」が年4回、ぜんぶ足すと計22回、この数をスマホの計算機を使って12で割ると、画面には1・8333333と表示されます。つまり月平均1・8本の連載ということになります。これが実数です。月平均で僕が得ている原稿料収入がいくらくらいか想像つきますか？　つきますよね、オオキくんもこの業界に長くいるんだから。はっきり言って毎月の原稿料では生活成り立ちません。住宅ローンの返済にも追いつきません。

　じゅうたくろーんのへんさい。
　しょうばいはんじょうささもってこい。

　いつのまに家を買ったのでしょうか。その話は、隔月連載の「佐世保駅7番ホーム」に経緯を書いているのでそっちにあたってもらうことにして、ここで重要なのは、じゃあどうやって生活は成り立っているのでしょうか？　の答えのほうですが、それはもちろん競輪です。競輪の勝ちでしのいでいます。毎日毎日、おじいちゃんの日課の散歩みたいな競輪やってるって話、前回メールに書きましたね。少額賭けて、ローリスクハイリターンの配当金を狙い撃ちして、それで人並みの生活を送ってるんです。たまに超高額配当を当てて贅沢《ぜいたく》もできます。ありがたや競輪。競輪バンザイ！　お金ないひとはみんな競輪やればいいのに。

いま、けっこうな上げ底の表現をしました。ここ最近、いやほんの数日、絶好の波が来て、その波をとらえてサーフィンしまくって、めったにない不労所得を得たので、自慢したくてかなり粉飾しました。いや粉飾ですらなくて、嘘に近い表現です。ほぼほぼ嘘です。お金に困ってるひとはみんな競輪やればいいのに、なんて大それたつぶやきは、「連載3本」の粉飾表現とは違い、やってはならない詐欺表現です。お調子者の虚言癖です。この場で否定しておきます。

競輪の勝ちでしのげるわけがない。原稿料でもムリ、競輪でもムリ、ではどうやって生活は成り立っているのでしょうか？　と急に真面目な話になると、それはたとえばいまから20年以上前に書いた短編小説「輝く夜」（『カップルズ』所収／小学館文庫）に登場する作家が、「週刊誌、月刊誌、季刊誌の連載エッセイをそれぞれ一本ずつ、それに書き下ろしの長編小説を抱えて、つましくも結構充実した日々を送っていた」と語っている、まるで現在の僕を予言するかのように語っている、それに尽きる、すなわち、つましく生きるしかないじゃないか？　みたいな回答になるでしょうが、でもこんな話を好きでしたいわけではなくて、さっきからもう後悔しているのですが、最初にタイトルを決めて、「こんにちわ、オオキくん」と、ただ単にいつもとは気分を変えて書き出したつもりが、商売繁盛、笹持って来いなんて自分でもよく意味のわからない文句が頭に浮かんだあたりから、これはお金の話になるな、避けられないなと感じるうちに、いまここまでたどり着いてしまいました。

今日はここまでにして一日寝かせます。

でその一日寝かせる予定が、あいだにＧⅠ（高松宮記念杯）決勝戦がはさまって、久しぶりに競輪場に乗り込んで、おじいちゃんの日課の競輪やめてビッグウェーブ期待の勝負に出てみたら、急に風がやんでべた凪《なぎ》になった海にサーフボード漕《こ》ぎ出したも同然の結果を迎え、水平線に沈む夕日にむかって「あり得ねぇー！」と叫んだりして、立ち直りに時間がかかりました。あのなシミズ、いやヒラハラ、いやオバラ、だれでもいい、おれはこう思うぞ、ワッキーの先行捲れないなら、後ろ追いかけるだけならいっそ番手で競れ、顔見せから番手行け、番手。もっと競輪ファンを驚かせろ。おおおおぉーっ、って場内沸かせてみろ。

気分変えてもう一回、別の書き出しでいきます。

こんにちわ、オオキくん。

オオキくんが言うように「言葉のど忘れ」が「近ごろ急速に自分の身で起きてる気がする」のなら、それはいっぺん医者に診てもらったほうがよくないか？

言葉のど忘れが自分の身に起きるのは僕も経験あるけど、でも急速に、ではないよ。ど忘れが急速に進んでると感じたことはいちどもない。それはどんな感じなの。一日に一、二回のど忘れが、翌日は数回になって、その翌日は十回以上に増えるとか、倍々ゲームで増加の一途とかそんな感じか？　それはあり得ないぞ。そんなのあったらやばいぞ。

僕はこう思うんだ。

ふつう言葉のど忘れは、あるていど年齢のいったひとの身に起きる。それはあたり前だと思う。なぜなら若いひとは、若ければ若いほどまだこの世界に生きている時間が短いわけだから、すでに長生きしたひとよりも経験・見聞から得た情報の総量において劣り、そのぶん新しく覚えた言葉の量も少ないのが理屈だろう。極端にいえば幼児は、話し相手は父親か母親で、本は絵本で、テレビはアニメで、まだ知ってる言葉の数は僅《わず》かだろう。僅かなら、ど忘れの心配もない。いま試みに、枚数はおのおの自由で、誰しも自分専用のスタンプカードを持っていると想定して、そのカードに覚えた言葉の数だけスタンプを押していくのが年を取ること、時を経てスタンプのインクの薄れた状態が言葉のど忘れだとすれば、一般的に、幼児じゃなくても若いひとのスタンプカードなんてスカスカだよ。

僕らはあまりにもスタンプカードを溜め込み過ぎた、それだけの話じゃないのか。僕らは、って考えなしに弾みで書いたけど、オオキくんと僕とではかなり年の差があって一緒にはできないから、僕くらいの年齢に達したひとは、ぜんぜん若くないひとは、って意味で僕らは、それはもう膨大な量の言葉を耳にしたり目にしたりして生きてきた。たとえば子供のときからいままでに見た映画の数、はんぱない。はんぱない数の邦画や洋画の題名やら女優の名前やらがスタンプカードに溜まっている。そのせいで一度見た映画を初めてだと思って二度見たりする。こないだ実際にそういうことがあったんだ。薄れたスタンプの上に二度押しってことだ。

もちろん読んだ本の数もはんぱなくて、はんぱないってこの使い慣れない言葉、辞書に載ってるかいま念のため確認して、僕の辞書には載ってなかったんだが、そうやっていままでに国語辞典ひいた回数もはんぱない。読んだのか読んでいないのかも曖《あい》昧《まい》なまま記憶している本のタイトルの数も、見たテレビ番組の数もそれ以上に見たCMの本数も、それから聴いた曲の歌詞の数も、出会って名前を覚えたひとの数も、ひとと交わした挨拶の数も、約束の数も、囁《ささや》いた愛の言葉も（これも弾みで入れてみる）、どうでもいいけどこれまでに賭けた競輪のレースの総数も、心を揺さぶられたニュースの数も、聞き流したニュースの数も、ぱっとしない人生だなあとため息ついた回数も、何もかも、はんぱない。はんぱないって言葉が適切かどうかもわからないが、そもそも人生におけるわからないことの数からしてはんぱない。

言葉のど忘れ、あってあたり前だと思うんだ。

オオキくんのメールには「憶えていたはずの言葉がぱっと出てこないことが、最近しょっちゅうあるんです。年のせいでしょうか。20〜30代のころは、ここまで頻繁じゃなかった気がするんですよね」とあるけど、そのとおり、年のせいだ。長く生きてスタンプカードにスタンプが溜まってきた証拠だ。20代や30代の若いときには、言葉のど忘れなんて原則、起こり得ないんだ。だって若いひとのカードに押されたスタンプは色濃く鮮明だし、その数なんてたかが知れてるから。

若いひとは、記憶している言葉の量がまだ少ない。見た映画の数も、読んだ本の数も、出会ったひとの数も別れたひとの数も、聞かされたつらい話も、囁いた愛の言葉も（弾みね）、自分でキーボード叩いて書きあげた文章の数も、まだまだ僕らに比べれば少ない。これからもっとスタンプが増えていく。そしていつかスタンプカードを必要以上に溜め込み過ぎたところでそのときが来る。

言い方を換えれば、言葉をたくさん覚えたひとに（だけ）言葉のど忘れは起きる。若いひとは記憶力がいいんじゃなくて、忘れるほど言葉を記憶していない。だいたい若いもんは言葉を知らない、と相場が決まっている。言葉のつかい道もよく知らない。礼儀も知らない。とにかくものを知らない、目上を敬わない、無礼だ、ふざけすぎだ、YouTube動画の見過ぎだ、スマホゲームにうつつをぬかし過ぎだ、無気力で、無関心で、無感動で、無責任で、あと何だ、選挙にも行かん、東京にも授賞式にも行かん、電話にも出らん、同窓会にも出らん、年賀状も出さん、手紙に返事も書かん、三無主義か四無主義か知らんが、最近の若いもんはなにしろなっとらん、もっと厳しく教育せんといかん、言っとくがわしらの若い頃はな……そういった非難がどんな時代にも飛んでくる、若くないひとから、若いひとへ向けて。当然だろう。仮にこれがもう若くないひとへの非難だとしても当然の非難だろう。選挙には行くべきだ。電話にも出るべきだし、非難されたひとは聞く耳を持つべきだと思う。でもそっちにいけば別の話になる。

で繰り返しになるが最後にもう一回、僕はこう思う。

決して若いとは言えないオオキくんの身にいま、言葉のど忘れが起きるのはあたり前だ。

ただし、急速に、はいただけない。

それはないわオオキくん。

さっき僕が打ち立てた「スタンプカード理論」によれば、スタンプは年を取るごとにおのずと溜まっていき、インクの色は年月とともに徐々に薄れていくはずだから。それがたぶん一般にあてはまる理論だから、急速に、はあってはならない。もし本当に急速にそんなことが起きているのなら、だとしたら近頃オオキくんは、年甲斐《としがい》もなく、いっぺんに言葉を頭に詰め込もうとしているのじゃないか。毎日たくさんの映画を見たり本を読んだり音楽を聴いたり、まとめて大勢のひとに会って名刺交換したり、何マタもかけて複数のひとに愛の言葉を囁いたりと超人的に、知恵熱出るくらいに、ものすごくめまぐるしい言語活動に邁進《まいしん》しているのじゃないか。違うか？

それだとまあ理論上は説明がつく。でもそれだと身体がもたないから、活動方針をあらためたほうがいいぞ。とか、いちおう年長者としてのアドバイスで締めて、来月のメールを待ってみる。

件名：鉄ヲタではありません

やっぱ病院で診てもらったほうがいいんスかね……。

210
オオキ
2019/07/11
14:53

「ああ、言葉のど忘れね、最近多いんですよオオキさんくらいの年齢の患者さん。お薬出しときますから」

「へ？　薬で良くなるんスか？」

「それでちょっと様子を見てみましょう。次の方どうぞ」

そんな感じで軽く診察終わって、お薬の効果もてきめんだったら、職場で頭をかかえることも減るでしょう。先月の、正午さんの弾みに便乗して書けば、デート中に相手の名前をまちがえて呼んだり、「え？　ちょっと待って。あたし六本木のお鮨屋《すしや》さんなんて連れてってもらってないけど！　なにそれ！　いつの話？　誰と行ったの？」とまくし立てられ万事休す、といったこともなくなるでしょう（弾みとはいえ、想像するだにおそろしいっス）。

オオキの言語活動は、そこまで社交的でもモテモテでもありません。地味です。どんだけ地味か、正午さんならわかってもらえると信じてるんで、ちょっと聞いてください。

たとえば先月末のこと。普段あまり利用しない私鉄に乗ったとき、「お客さまに携帯電話のお願いです」とアナウンスが始まりました。車内ではマナーモードに設定し……と車掌の言葉がつづくなか、オオキの脳内では「携帯電話のお願いです」がリフレインしてました。「携帯電話のお願い」ってなんだ？　この「の」は主格にも聞こえないか？　まさか車掌はオレのスマホの代弁者か？　「Hey Siri、車掌とは深い仲なの？」、いえ声には出しませんけど、そのくらい地味な言語活動です。

　正午さん、ひっかかりませんか？　「携帯電話のお願い」っていうアナウンス。電車にめったに乗らないから、ぴんときませんか？　オオキにももちろん意味は伝わってるんスよ、「携帯電話の使用についてのお願い」とかだと、言うほうも聞くほうもちょっぴりまどろっこしい、っていう気持もわかるんスよ、でも正午さん、ひっかかりませんか？　推敲したくてうずうずしませんか？　「携帯電話のお願い」ママＯＫっスか？

あと、電車の話ついでにもう書いちゃいますが、日ごろから悩まされてる、「黄色い点字ブロックの内側」問題、というのもあります。これも地味です、でもわりと深刻です。

　オオキが通勤に利用している地下鉄のホームでは、「事故防止のため、黄色い点字ブロックの内側でお待ちください」と自動音声が流れています。列車との接触に注意を促すアナウンスです。おそらく正午さんは佐世保駅の改札すら1年以上くぐっていないでしょうから、念のため、ホームに連なる「黄色い点字ブロック」の写真も添付しときま

内側はどっちだ.jpg

す。で、問題は「内側」です。オオキはときどき、「内側」が「黄色い点字ブロック」のどっち側なんだか、わからなくなるんです。

これから列車に乗ろうとしてる身にとって、「内側」って、なんとなく線路側じゃね？　みたいな感覚がまず漠然とあるからかもしれません。それから、駅のホームと線路との配置形状も関係している気もします。

ホームと線路との配置形状はいくつかに分類されるらしく、そのなかに島式ホームと相対式ホームと呼ばれるものがあります（新しい言葉のスタンプ押したんで、忘れないうちに使っときます）。線路を川にたとえるなら、島式ホームと呼ばれる駅のホームは、そこに浮かぶ中洲のような形状です。対して、相対式ホームは、川の両岸が駅のホームにあたります。オオキのたとえがわかりづらかったら、ポケモン散歩ついでに北佐世保駅まで足をのばしてみてください、そこ、島式ホームです。ネットで調べました。相対式ホームは上相浦まで行かないとお目にかかれません。

「黄色い点字ブロックの内側」の話です。

オオキの感覚として、島式ホームなら「内側」でもどうにかイケる気がします。でも相対式ホームになると、「内側」感がゆがんでいきます。やっぱ「内側」って線路側じゃね？　通勤に利用してる相対式ホームの駅で、オオキは人知れず思案しています。たとえば「塀の内側」っていったら、シャバじゃなくってムショのことだよな、とか考えてるうちに降車駅乗り過ごしてることもあります。

正午さん、やっぱオオキはビョーキでしょうか？

最後に。先月のメールに誤りがありましたので訂正します。正午さんの連載本数は「4本」でした。年1回の連載をカウントし忘れました（申し訳ございません）。ということで、年間合計は23回です。「Hey Siri、にじゅうさん割るじゅうには？」月平均1・9166667本の連載、こちらが実数です。

211
佐藤
2019/07/23
12:53

件名：鉄ヲタ？

そうだね、言われてみれば連載本数は4本だね。

一年に一回のペースで連載小説を書いていること、自分でも忘れてた。KADOKAWAの『野性時代』、毎年秋、一回だけの連載をカウントし忘れてた。一年に一章ずつ書きすすめて、全体が何章立てになるかは未定だけど、たぶん十年くらいかけて長編小説を一冊書きあげようという計画。今年が連載四回目だね。

で？

でいまちょっと思ったんだけど、連載本数が4本というより、むしろ4種類、いや4種目の連載と言ってみたいよね。

毎月のロングインタビューでしょう、隔月の「佐世保駅7番ホーム」でしょう、季節ごとの「小説家の四季」でしょう、それに加えて年に一度の長編小説と、こんなにも異なる種目の連載を器用にこなしている作家がほかにいるだろうか。まるで水泳のメドレーリレーを一人でやってるみたいじゃないか？　背泳、平泳ぎ、バタフライ、自由形……メドレーリレーじゃなくて、一人でやってるのなら個人メドレーというべきか、この場合。いやそれよりも、いまネットで調べてみたら陸上競技にスウェーデンリレーと呼ばれるものがあって、一〇〇メートル、二〇〇メートル、三〇〇メートル、四〇〇メートルと計一〇〇〇メートルを4人で走る競技らしいけど、喩《たと》えるならそっちのほうかもしれないな。連載の執筆間隔が四通りなわけだからね。走る距離が四通りのスウェーデンリレーを一人でやってる。それが正解かもしれない、喩えとしては。

で？

本題に入ろう。

オオキくんの質問メールに答えを書こう。

Q．正午さん、ひっかかりませんか？　「携帯電話のお願い」っていうアナウンス。電車にめったに乗らないから、ぴんときませんか？

A．うん、ぴんとこない。電車に乗って実際にそのアナウンスを聞いてみないと何とも言えない。

以上。

このあとは補足。

過去に実際に聞いたことのあるアナウンスで僕がかなりひっかかったのは、例をあげると、

ただいまの審議の対象は第三周回3コーナーの6番選手の走行について審議しておりますのでしばらくお待ちください。

これ、何年か前にテレビで競輪中継を見ていて、実際に聞いたレース後のアナウンスなんだ。選手たちが走り終わった直後に3コーナーの審判が赤旗をあげて、ルール

違反の疑いのある6番選手の審議に入った。そのお知らせのアナウンス。

変だよね。前半の「ただいまの審議の対象は第三周回3コーナーの6番選手」という説明と、後半の「走行について審議しておりますのでしばらくお待ちください」というお願いとが、あいだの一文字「の」で繋《つな》がっている。事実を伝えるだけじゃ愛想がないと思ったのか、だったら二つの文に分ければいいのに、繋がらないものをむりやり繋げてアナウンスしている。

かなりひっかかったからその場でメモをとった。

かなりひっかかるというより、こんな日本語の通用するところだったか競輪場は？　とかなり驚いた。もう、審議なんてどうでもいいから、それより何より、まずこのアナウンスの文言をどうにかしてくれと言いたかった。

何年か前までは、僕の記憶では全国のかなり多くの競輪場で、失格審議のたびにこの種の、は？　もいっかい言ってみて？　と聞き返したくなるアナウンスが繰り返されていた。それで前々からすこし気になって、気にはなったけど聞き流していたのを、その日はたまたま手近にボールペンがあったので審議の結果を待つあいだ、時間つぶしに記録しておいた。そのとき書いたメモがここで生かされる。メモしといたおかげで揚げ足とれる。

ただし、いまは改善されているね。幸いなことに。

当時はそんなふうだったけどいまは、僕の知るかぎり全国の多くの競輪場で、失格審議に入るときのアナウンスの文言はおおむね統一されている。こんなふうに。

審議の対象は第三周回3コーナーの6番（選手）です。

これと、僕がメモした古いアナウンスとを比べてみてほしい。これがいいでしょう。というか、これでいい。改善されて何より。なぜ最初からこれにしなかったか不思議なくらいだ。後半の余計なお願い「審議しておりますのでしばらくお待ちください」がなくなったのは、それは、審議となればその時間を待つのは車券を買った側としてはあたり前のことだからだ。

改善といえば、審議のアナウンスに関してもう一点ある。

これはメモはとっていないんだけど、何年か前まで、僕の記憶では全国のたいていの競輪場で——失格審議の対象になった選手が上位入着者でない場合、つまり車券にからむ三着までに入っていない場合、審議はあとまわしにして三着までの決定をさきにおこなうというお知らせのとき——こんな言い回しが採用されていた。

ただいまの審議の対象は6番（選手）ですが、三着までには関係ありません！

これ、オオキくんも聞き覚えあるでしょう。引用末尾に！マークを付けたのは僕だけど、なにしろ「関係ありません」と断定的にアナウンスするんだね。それ聞いて、はあ？　って僕は思ったことがたびたびあった。

はあ？　関係ないこたぁないでしょうが！　って。

6番選手が体当たりしたせいで、3番選手が外にはじかれて、8番選手と接触して、3番選手と8番選手とふたり落車したんでしょうが！

それがなかったら3番選手と8番選手は三着までに入ってたかもしれんでしょうが！　1－2－4じゃなくて、1－3－8で決まってたかもでしょうが！

わしな、1－3－8持っとんのじゃ、ボケ。審議対象の6番選手が、三着までだろうが何だろうが「関係ありません」なんてことがあるかい！　そもそもレースの結果に「関係ありません」の選手なんておるんかい、おるかいボケ！

幸いなことに、これもいまは改善されている。

いまは、僕の知るかぎり日本全国の競輪場で、アナウンスはおおむね統一されている。こんなふうに。

ただいまの審議の対象は6番（選手）ですが、三着までには到達しておりません。

いささか関係はございますが。

いささか関係はございますが、は僕が付け足したんだけど、たぶんそういう言外の意味をふくめての改善だろう。改善されて何よりだ。6番選手が「三着までには到達しておりません」のほうは、言って間違いではないからね。これのほうがいい。……いささか関係はございますが、そこは目をつぶってください、6番選手の走行とレース結果との因果関係を追求して入着順位を入れ替えたりするともはや収拾つかなくなりますので、どうかご容赦ください。たぶんそう言いたいんだと思うよ。

さて。

それで、と。

……あとは何の話だっけ。

そうだ点字ブロックか。

事故防止のため、黄色い点字ブロックの内側でお待ちください。

これね。

これ、日本語としてべつに間違ったところないでしょう。6番選手はレース結果と「関係ありません！」みたいな理不尽なこと言ってるわけでもないでしょう？　だから僕ならひっかからずに聞き流せると思う。「事故防止のため」と最初に断ってあるからね。到着する電車からなるべく距離をとった位置で「お待ちください」とお願いされてるわけでしょう。そうしないと電車にひかれてしまいますよって。じゃあ、そうしようよ。

そんなことよりさ、いつだったかこれも競輪中継見てて印象に残ったんだけど、番組のなかで本（だったかＤＶＤだったか）のプレゼント企画があって、そのとき女性の司会者（だったかアシスタントだったか）が、

提供は〇〇〇社さまです。

と原稿を読みあげた。
これ、社名のあとに「さま」が必要なんだね。
ね？
原稿書いたひと、やっぱここは「さま」が要るんだよね？
まだある。その前後に、原稿を読んだのかアドリブで口から出たのかビミョーなと

こだけど、こういうアナウンスもあった。

　この本が来月発売します。楽しみですね。

　ああそう、と僕は聞いて思った。

オオキくんなら「この本が来月何を発売するんだよ？」と思ったかもしれないが、僕はただ、ああそう、と思った。

　これはね、さっきの競輪場の審議アナウンスとは別で、喋ってるひとのワキがあまいから難癖つけたくなるんじゃなくて、つまりどこかの誰かさんの言葉遣いのあら探しじゃなくて、もう個人の問題じゃなくて、じゃあなんていうか、大げさかもしれないけど、時代がうごいてるなって感じがする。文句のつけようがない。僕なんかが文句つけてもむこうに、は？　て顔される。むこうって、動いてる時代のことだけど。

　時代がじわじわ攻めてきてる感じがするんだ。さま付けとか、さん付けとかの攻勢は平成時代の後半からひしひしと感じてた。あとほかにもいろいろと気になるところで火の手があがってるんだよね。言葉遣いの革命。僕じしんはまだ、ぎり「この本が来月発売されます」のほうが耳になじむんだけど、でもたぶんほどなく攻め落とされるだろう。革命軍に降伏して、そのうち「この本が来月発売します」でもいい、というか、むしろそのほうがしっくりなじんでしまう、そのときを迎える気がする。長生きすればするだけね、何回も降伏することになるだろう。

たとえばテレビでしょっちゅう口にされる「(何々) させていただきます」って言い方あるでしょう。何年か前までは僕、バカにしてたんだよ。なんでもかんでも「させていただきます」って言い過ぎだよ、うるさいよ、とか思ってた。ところがさ、だんだんなじんできた。「させていただきます」っていまは誰が言ってもそれがフツーに聞こえる。「します」では物足りなくなってきてる。昔と逆転して「します」のほうが不適切な言い方に聞こえたりする。おまえも「させていただきます」って言えよ、みんなが言ってるように、と思ったりする。そうこうするうち文章語にも革命が浸透し、老いぼれた作家は率先して、こう書いてしまうかもしれない。

僕は小学館さまの『きらら』さんをふくめ4種目の連載をさせていただいている。商売繁盛、笹持って来ていただきたい。

そう書いて恥じないかもしれない。恥じる必要もないそのときがすぐそこまで来ている。そんな未来の影に怯《おび》えてびくびくしている。

これ、あたりまえか？

年を取るってこういうことか。

オオキくんはどう思う。僕に言わせればオオキくんはまだじゅうぶん若いし、点字ブロックの「内側」はどっち？　とか個人の感覚にしつこくこだわるくらいだから、「本が来月発売します」が攻めてきても果敢に戦うか。革命をくいとめるか。いまは戦えても五十になっても六十になっても持ち堪《こた》えられるか。ていうかそのまえに鉄ヲタってなんだ。何の革命だ。なんでオじゃなくてヲなんだ？　とか疑問を呈して、また来月のメールを待ってみる。

✉212
オオキ
2019/08/12
01:52

件名：表記のこと

「鉄ヲタ」の表記は、なんでオじゃなくてヲなのか？　オオキにもそれと似た疑問がありました。

先月のメールを書いていたときではありません。正午さんが以前、マルケスの『コレラの時代の愛』英語版で単語の使い分けを確かめたとかなんとか、メールに書かれたことがありましたよね（✉193）。いま確かめたところ、昨年10月のことです。にわかに信じられなかったオオキは、翌月「自他ともに認める国語辞書ヲタクじゃありませんでしたっけ？」とツッコミました。それ書いてるときにまず迷いました、普段あまり使わない言葉ですし、表記を「おたく」にするか「オタク」にするか、で。

　ネット検索してみると、平仮名と片仮名どっちも使われていましたが、さらにそこで、新種の「ヲタク」に出くわしたんです。ああ、確かにこの表記もどっかで見たことあるぞ。

「おたく」か「オタク」か「ヲタク」か。迷ったあげくに、３つ併記したメモ用紙を、職場にいる年下の編集者（20〜30代）数名に見せて訊きました。

「『ヲタク』が、あたしいちばんヤバい感じがする」

「わたしも！」

「オオキさん、『ヲタク』がまじでヤバいですって」

　彼女／彼らが口をそろえて言った「ヤバい」とは、趣味や嗜好《しこう》にかたむける本気の度合がはなはだしい、他の追随を許さないくらいディープなところまで踏みこんでいる、くらいのニュアンスです、たぶん。

　で、そこから、ヲが頭にくるなんて日本語としてアリか？　でもこれはこれでユニークだし、ま、いっか、あとは校正の方に判断してもらえば……といった経緯が昨年11月にあり、先月も、そうだあのとき「ヲタク」のまま校了したなぁと思い出し、少々長くなりましたが、鉄道ヲタクの略称として「鉄ヲタ」と表記したわけです。正午さん、オオキはコレ、言葉遣いの革命に、革命軍からの刺客「ヲタク」に、屈していたってことっスか？　言葉遣いというより、表記の革命ですかね、この場合。

表記といえば、つい先日おもしろいことがありました。おなじ職場には、70代のベテラン編集者もいます。男性です、ずーっと文芸書をつくってこられている方です。その大先輩が、（お酒の席での冗談まじりでしたが）「『気持』に『ち』を送るやつは、けしからん！」とおっしゃったんです。どうですか、正午さんコレ？　オオキはしびれました。

「気持」と「気持ち」。

正午さんは作品ごとにこの表記を使い分けていますけど（どうしてですか？）、令和のいま、というかオオキが物心ついた昭和後期にはすでに、「気持ち」の表記が多数派だったんじゃないかと思います。新聞や雑誌でも「気持ち」ばかりです。じゃあどこでオオキは「気持」を目にしたかっていうと、小説です。夏目漱石も志賀直哉も谷崎潤一郎も太宰治も吉行淳之介も色川武大も開高健も、そしてときどき佐藤正午も、「気持」と書いている、心強いです。

それから、正午さんにお伝えするまでもないことかもしれませんが、あの『広辞苑』（第七版）でも、「き‐もち【気持】」と送り仮名のない表記だけになってるんです。なんだかお天《てん》道《と》様《さま》も味方してくれてるような気分になりますね（ちなみに、いま「第七版」とさらっと書きましたけど、暦のうえで3連休中のオオキの手もとには学生のころに買った第四版しかなく、最新版を確かめるため自腹で「第七版」をスマホにインストールしました、アプリでも辞書ってやっぱ高額ですね）。
　というわけで正午さん、革命軍にやられっぱなしも癪《しゃく》ですから、オオキはここに「気持」派を起《た》ち上げます。いっしょにどうスか？　いまや「気持」の表記は少数派ですから、むしろこっちのほうが革命的といえるかもしれません。今後正午さんからいただいた原稿でもし「気持ち」と書かれていた場合は、思わず「『ち』トル？（革命的に？）」とかゲラに書き込む可能性があります。うるさいですかね？

213
佐藤
2019/08/22
12:13

件名：二〇一九年、八月

暑いですね。
これを書き出したいま、

八月十三日、

正午を十一分まわったところです。

けさ九時に目がさめたとき仕事部屋の気温は34・3度まであがっていました。窓を閉め切った室内での冷房を効かせた生活、にはどうしてもなじめないので、この夏は朝も昼も夜も深夜も明け方も窓という窓、玄関以外の間仕切りのドア、ぜんぶ開けっぱなしで風を通しながら暮らしています。それでも朝はこの気温です。日が昇り外は早くもかんかん照り、蟬《せみ》がうるさく鳴き、窓を通るはずの風はぴたりと止《や》んでいます。

右は去年の夏、当時まだインタビューアー役だった東根ユミさん宛に書いた回答メール——件名・日記ふう（かな？）——の冒頭部分。相手がオオキくんに代わっただけで今年の夏も去年と同じ暑さのなか同じ暮らしをしているので、どうせ似たようなことを書くくらいならと思ってまるごと書き写してみた。

ただし気温は今年の数字に入れ替えてある。あと一ヶ所、こう直したほうが読みやすくないか？　そんな気がしたので去年自分で書いた文章に手を加えてある。

ほんとうは、これを書き出したのは去年より二日遅く、いま、

八月十五日、

正午を三十分ほどまわったところで、台風10号の影響で外はぱらぱら雨が降ってい

るんだけど、でもおととい、
八月十三日、
九時に目がさめたとき仕事部屋の室温は34・3度だった。
寒暖計を見て、たまらん、と思い、すぐにエアコンのリモコンを探した。

今年の今日、これを書いているいまが八月十五日の正午過ぎということは、去年の東根さん宛のメールにも書いているとおり、正午に、町内の住民に「黙禱《もくとう》」をうながすサイレンが高々と鳴り渡って、机にむかって仕事しながらさっき聞いたばかりで、それも去年と同じ、というかそれは毎年同じなので忘れていたわけではないけど、今日、仕事にとりかかる前、一年前のメールを読み返すまですっかり忘れていたのは、去年の今日、いまと同じ時刻、やはり外は雨だったということ。
件名が「日記ふう（かな？）」というくらいだから、全体が日記ふうになっているそのメールの、
八月十五日、
去年の今日の日付のところにはこう書いている。

……今朝起きたときは31・8度でした。台風15号の影響で（だろうと思うので

すが）外は雨でした。いまもしとしと降り続いています。台風がもたらす雨、とはとても思えないほど静かな降り方の雨です。とくに強い風も吹いていません。

これ今年の今日とほぼ同じ気象だ。
去年も今年も八月十四日から十五日にかけて台風が日本列島の九州東寄りを進み、ただ幸いにも僕の住む佐世保はその大きな被害を免れたということだ。僕が忘れているだけでワンチャンおととしの今日も同じだったかもしれない、同じく台風の影響で雨だったかもと思い、二年前の東根さん宛メールまで読み返してみたけど、そこでは天候には触れていなかった。同じだったのかもしれないし、違ったかもしれない。もう思い出せない。まあどっちにしろ八月十五日には机に向かい、正午に鳴るサイレンを聞いていたに違いない。あと、もしいま僕がワンチャンと書いたことに無理を感じたひとがいたら見逃してほしい。ＹｏｕＴｕｂｅでワンチャンワンチャンてみんな言ってるので、文章でも便利に使えるかと思って試してみただけだ。

今年の夏も去年と同じ暑さのなか同じ暮らしをしている。
とはいっても何から何まで同じではない。そんなはずがない。たしかに去年と今年、八月十五日、雨の一日を僕は同じように暮らしている。でもそれより前、八月の前半、二週間の過ごし方は、去年と今年ではまったく違った。

これをB案として、じつはいま、八月十七日、午前十一時半をまわったところなんだけど、昨日、八月十六日には、このB案より先にA案の、

今年の夏も去年と同じ暑さのなか同じ暮らしをしている。
ときどき、昨日と同じということが強く意識されて、朝起きるのが嫌になることは誰にでもあると思うけど、ま、若いひとにはあんまりないかもしれないけど、僕は最近しばしばあって、また昨日と同じ一日が始まる、そう感じるだけでも重ったるいのに、さらにそこへ、去年の今日も同じだった、という事実が重くのしかかる。起きるのがしんどい。昨日と同じ一日をえんえん繰り返せば、その同じ一日の積み重ねで一年が過ぎ、今年は去年とそっくりになるだろう。おそらく来年も今年と区別がつかなくなるだろう。生きる意味があるのか。

というのがあり、これを何度か書き直してるうちにだんだん気分が暗くなってきたので、いちおう（せっかく書いたしもったいないから）保存だけして今朝、八月十七

日、読み返してみると、やっぱり、なんか遺書の下書きみたいで暗くなる。でA案は捨てることにして、代わりにさらっと書いたB案で前に進もうと決めた。

☞

今年の夏も去年と同じ暑さのなか同じ暮らしをしている。

とはいっても、何から何まで同じではない。あたりまえだ。そんなはずがない。去年と今年、八月十五日、雨の一日を僕は同じように暮らしている。でもそれより前、八月の前半、二週間の過ごし方は、去年と今年では天と地ほど違った。

去年、東根さん宛のメールに僕はこう書いている。

……八月十三日にこの返信を書き出すまで、三週間ほど、必要がないのでiMacの電源を落としていました。もう一台MacBookもありますが、そっちも「システム終了」にしたまま手を触れませんでした。どこに置いたかも忘れていました。

つまり書き仕事は何もしていなかった。

でも今年は書いた。七月下旬から三週間ほど、今年は毎日、一日も欠かさず長編小説を書いていた。まっとうな小説家の見本みたいな生活を送った。

長編小説は第五章までいま進んでいる。スマホゲームをやってても、立っていってメモを取YouTube見てても、本読んででも途中で頭が書きかけの小説に向いて、立っていってメモを取ったりする。さすがに小説家だなあ、と自分で自分に感心する。こういう毎日をあと半年も続ければ本一冊ぶんの小説が書きあがるだろう。

でもこういう毎日をあと半年も続けるわけにいかない。なぜなら僕は四種目の連載をかかえているからね。長編小説第五章のちょうどいいところを書いていても、そこへオオキくんからロングインタビューのメールが届く。頭を切り替えて返信を書かないといけない。それが終わると隔月連載の〆切《しめきり》があって、九月はそこへ三ヶ月に一回の連載仕事が重なり、それが終わるとまたロングインタビューの返信メールを書き、すぐに年に一回の連載仕事が待ち構えている。終わるとまたロングインタビューの返信書いて十月が終わり、十一月の頭にはまた隔月連載の仕事。次に書きかけの小説に戻るのは十一月中旬だろう。いや中旬にはまたオオキくんからメールが届くから、小説の続きを書くのは下旬になるか。

なんとね、第五章のちょうどいいところを書いていて、明日も続きを書けそうなのに、心ならずも中断して、実際に今日の続きを書くのは三ヶ月後になるんだよ。

Q. いったいぜんたい、この状況をどう言い表せばいいのか？

A. つらい。

という言葉が真っ先に浮かんで、悲しい、という言葉も、情けない、という言葉も浮かんできて、そういうのが混じり合って一つの気持ちを形づくって……

と、ここでようやく「気持ち」が一回出てきた。

ちょうどいいから質問に答えておくとね、僕は別に「気持」と「気持ち」を書き分けてるつもりはないんだ。「気持」に「ち」を送るやつはけしからんて先輩の発言にしびれたオオキくんには申し訳ないけどさ、僕は「気持」でも「気持ち」でも表記はどっちでもかまわないんだ。

その昔、昔々、大昔、万年筆と原稿用紙の時代には「気持」と書いていた記憶がある。「気持ち」はあり得なかった記憶がある。でもその後のワープロ専用機時代の記憶はもう思い出せなくて、現在の iMac 時代は、いわば変換まかせにしている。K・I・M・O・T・Iの順番でキーボードに6回触れて「きもち」と入力するよね、そして変換キーを押すよね、すると入力画面に変換された漢字が出るでしょう、僕が見てる画面には「気持ち」と出た、じゃあそれでいい、そこまで。

いま試しに、一回余計に変換キーを押してみると「気持ち」が「気持」に変わったけど、ふだんはそんな無駄押しはしない。最初の変換で「気持ち」と出たら、それでいく。もしこの十年くらいに僕が書いた小説の中に「気持ち」ではなくて「気持」が使ってあるとしたら、それを使ったのは僕じゃない。たぶん使い分けは編集者によるものだと思う。

校正ゲラの段階で、「気持ち」の「ち」は送るんですか？　「気持」と書く書き方もありますが、どっちにしますか、と確認してくる編集者はいる。いて当然だろうし、いつまでもいて欲しいとも思う。でもその場合、つまりどっちにしますかと訊かれた場合、僕は、オオキくんも知っての通り、まずひゃっパーセントこう答える。

「うん、どっちでもいい。まかせる」

ね？　聞いたことあるでしょう、この決まり文句。

だからその後のことはよく知らない。担当編集者が「気持ち」のままでいいと考えれば「気持ち」になってるだろうし、「ち」がないほうがいいと考えたのなら「気持」に直されてるだろう。たぶんそういうことなんじゃないの？　オオキくんの言う「作品ごとの使い分け」っていうのは実際のところ、「出版社ごと編集者ごとの使い分け」にほかならないよ。

そいでさっきの話に戻るけど、つらいとか悲しいとか情けないとか、そういう言葉が混じり合って、一つの気持ちを形づくって、今年の夏、お盆前に、ふとこのまま出家しようかという考えが頭をよぎったんだよ。

出家じゃなくて潜伏かな。行方不明でも失踪でもいい。

失踪といってもどこにも行かないんだけど、いまだとほら、スマホを捨ててしまえば誰とも連絡つかなくなるから、失踪も同然でしょ？　別にスマホを捨てる必要もないよね、電源切ればいい。ただ電源切ったらゲームできなくなるし、じゃあ着信拒否にすればいいんだよ。

いっそ言葉を喋るひと全員着信拒否にして、誰とも連絡つかないようにして、小説を書こう。最終章を書きあげるまで音信不通、消息不明の失踪者になろう。

そんな誘惑にかられたんだね。でも実行できなかった。そんなことのできるほど意志の強い人間ではないし。あとさ、僕が〆切原稿放り出して消えたって『きらら』をはじめ相手側には大きな支障は起きないだろうし、ヤフーニュースになって注目浴びるとか、そんなのワンチャンあるかといえばないに決まってるんだけど、でも4種目の連載のそれぞれの担当者とのね、人間関係がね、というかのちのちの関係修復がね、書きおろしの長編小説完成後、失踪から戻って、次の仕事の打ち合わせとかどんな顔してやればいいの？　ていうか次の仕事あるの？　想像するとちょっと面倒くさい。

連載原稿書く面倒とどっち取るんだよって話になる。

ま、そんなこんなで今回はこっち取った。これ、このメールここまで書いて、読み返してあちこちいじくり回して、今日、いま八月二十二日。

214
オオキ
2019/09/11
17:27

件名：冗談と本気

正午さんの返信を読んでて思い出しました。

ハトゲキを単行本にするときも、そういえば確かめましたね、「気持」か「気持ち」かを。佐世保のホテルの食堂とか会議室で、連日ひざを突き合わせてゲラに赤入れしたり、その赤入れを消したり、これ便利だよ、って正午さんが〝消せる赤ペン〟をオオキのぶんまで用意してくださっていたあのときです。こう書いてると、どんどん思い出しますね。駅の売店で仕入れといたパンとコーヒー牛乳で昼休みしたこととか、全面禁煙のホテルから何度も外に出て一服したこととかも。

『きらら』連載中のハトゲキには、「気持」と「気持ち」どちらの表記も使われていました。先週、仕事机の引き出しを漁ったところ、あのとき持参した表記の一覧表が出てきて（見覚えありますよね？）、そこにもやはり「気持／気持ち」の項目がありました。

思い出しますね。正午さんの前にこの一覧表をひろげて確認したのは最終日、単行本（下巻）のゲラの見直しを最終ページまで済ませてからのことです。正午さんは確かに言いました。

「どっちでもいいよ、表記はまかせた」

オオキははじめ、冗談でそう言ってるんだとばかり思いました。

ほら、正午さんて、ふだんから結構ひとを笑かしにくるところがあるじゃないスか？　いつでもユーモアを忘れないというか、よくぼそっとジョークを飛ばしますよね。だからあのとき「出版社ごと編集者ごとの使い分け」みたいな話も聞いたかもしれませんけど、当時のオオキには、冗談を補強するためのディテール、として聞こえていたはずで、何度もしつこく確かめたと思います。

「ほんとにいいんスか？」

「いいから、もう！」

しまいには（珍しく）キレ気味に言われて、ヤバっ本気やったんか！　と焦って困ったあげく、直近（当時）の長編『身の上話』に倣《なら》って「気持ち」にしときましょうか、とその場で提案したんでした。ちなみに『月の満ち欠け』では「気持」になって

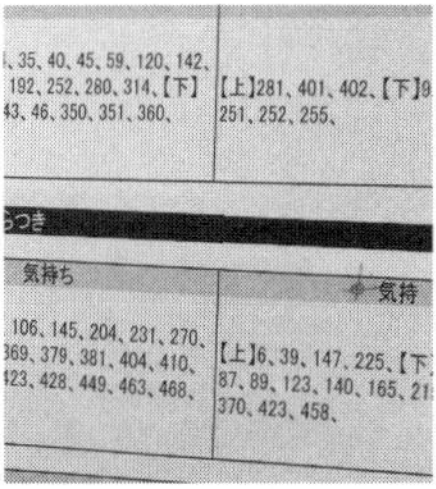

📎よく残ってたなぁ.jpg

ましたね。そうか、『広辞苑』の版元ですからね。

というわけで、以前から正午さんが「岩波文庫に『月の満ち欠け』を入れてほしい」と言っていたのも、オオキにははんぶん冗談に聞こえてたんですけど、驚かされました、8月29日付の読売新聞夕刊には。

いいえ、先月この連載のゲラの件で電話したとき（8月26日）、『月の満ち欠け』が「岩波文庫的」になるっていう話は聞いてましたよ。オオキが驚いたのは、あの新聞記事の扱いの大きさです。くらべたわけじゃありませんが、正午さんが直木賞を受賞したときよりでかいんじゃないかと思えるほどでした。本の装丁にフォーカスを当てた記事としては、異例の大きさです。正直なところオオキは嫉妬しましたし、記事のおもしろさと、書影にあった「８２５」という（正午派ならわかる）数字に笑わされて、アマゾンで予約注文もしました。

正午さん、コレもしかして「岩波文庫的」じゃなくて、当初希望していた「岩波文庫」だったら、あそこまで大きな記事にならなかったんじゃないですかね？　この「岩波文庫的」というユニークなアイデアは、正午さんの腹案にあったものですか？　それとも作家の本気を察したサカモトさんからの、粋な計らいだったんでしょうか？

215
佐藤
2019/09/19
12:53

件名：後手

今回のオオキくんのメール読んでちょっと引っかかったのは、ここ、正午さんて、ふだんから結構ひとを笑かしにくるところがあるじゃないスか？

この文にある「結構」という言葉、副詞として使われている「結構」、これ、僕のツモリでは実は「結構」じゃないんだ。

結構って、辞書で調べると、まずオオキくんが働いている会社が版元の『類語例解辞典』では、

割に／割合／比較的

と一緒にグループ分けされてるんだよね。「共通する意味」は「他とくらべて思っ

た以上であったり、かなりの程度であるさま」と説明してある。

あと、ちょうどこないだネットで、第四版の発売記念セールでいまなら半額、しかもiPhoneでも使えるという記事を見て、半額に釣られてアプリをダウンロードした『大辞林』には、副詞としての「結構」は、

予想に反して、適度に満足がゆくさま。

とあり、いま手近の国語辞典を引いてみると、

非常にとまでは言わないが相当に。


とある。

まあそういう意味だよね。

わりかし、意外と、思ったより、案外、やるじゃん？　そんなニュアンスだよ。

でも僕のツモリではそうじゃないんだ。僕はふだんから結構ひとを笑かしにいってるんじゃなくて、さっきの類語辞典でもっとぴったりの言葉のグループを探すとね、

いつも／常に／絶えず（「共通する意味」は「どんなときでも」）

とか、

始終／しょっちゅう／のべつ（「共通する意味」は「ある事柄が途切れることなく続いて起こるさま」・関連語は「絶え間ない」）

とかなんだ。

僕はけして饒舌《じょうぜつ》な人間ではないけど、でも言葉を喋るときは、どんなときでも、絶え間なくひとを笑かしにいってるんだよ。

少なくとも本人としてはそのツモリだし、それは喋るときだけじゃなくて、ものを書くときも同じなんだ。iMac に向かって、それはもう、絶え間なく読者を笑かしにいってる。

でも僕のツモリは、ときどき、ひとに理解されない。

ひとと喋るときも文章を書くときも、と両方一緒にしちゃうと話が込み入って、しかも書いたものは現物があるわけだから、佐藤正午の小説とかエッセイとか、これのどこが笑えるのでしょうか？　と読んだひとに問われたらそれまでだからね、喋るとき、に限定してここから話を進めるけど、僕はなにも、自分がユーモアのセンスに格別めぐまれてる、そのセンスが他人に理解されない、とかそんなこと嘆いてるんじゃない。

僕がオオキくんに言いたいのは、僕は、僕のツモリでは喋るときは常にひとを笑かしにいってる、他に雑念はない、ということ。つまり、僕がひとと接するときの態度は一定の状態を保っている、安定している、もしくは安定させるよう心がけている。

ところが僕の周りのひとたちは不安定だ。

僕の周りのひとたちといっても、僕の周りにはあんましひとはいないんだけどね。そもそも外出しないしひと付き合い悪いし、だから周りのひとっておもに家族だね、その家族も父が死んで僕以外は女性ばかりになったから、僕の周りにいる女性たちと言い換えてもいい。そう書いていま気づいたんだけど、僕はふだん女性とばっかり喋っている。

その周りの女性が不安定だ。

あたり前だけど、ひとには感情の波がある。人生には楽しいときもあれば、辛《つら》いときもある。気力充実もあれば、ひどい落ち込みもある。気持ちに余裕のあるときも、イライラ殺気立ってるときもある。昨日の私と、今日の私は違う。それはわかるよ。

わかるけど、昨日僕が笑かしにいったジョークにころころ笑い声をあげ、今日は一転、僕のジョークに突如キレるって理不尽だ。感情の波にあまりにも身をゆだね過ぎだと思う。もちろん、相手側には相手側の言い分がある。昨日の僕のジョークは気が利いて笑えたけど、今日の僕のジョークはひとをバカにしてるように聞こえて笑えない、というような文句だ。ひとを不快にさせるジョークはジョークじゃない、という理由で突然怒る。

でも怒るのは間違ってる、と僕は思う。

いや間違ってると断定するとまた反感買って怒られるかもしれないから、穏便にこう言い直す。

でも怒るのはよくないな、と僕は思う。

そう思う理由は、さっきも言った通り、ひとと接するときの僕の態度は一定で、僕が昨日思いついたジョークも今日思いついたジョークも同じ性質のものだからだ。ジョークはジョークだ。昨日の僕も今日の僕も、ただ単純にひとを笑かしにいってるだけ。他意はない。昨日と今日に違いはない。それが素直に笑えたり、ちっとも笑えなくて不快になったりするのは、僕のジョークの性質の問題じゃなくて、出来不出来の問題でもなくて、あと何だ？　空気の読めなさ加減？　そういうのはワンチャンあるかもしれないが、でも原因はほとんどジョークを受け取る側の、ひとの心の状態、感情の大波小波にある、と思う。

僕のジョークにときどきキレるひとにはこう言いたい。毎回顔を合わせるたび、僕がどれほど内容のあることを喋っているかいないか、よく思い出してほしい。テキトーな相槌《あいづち》を打つことと、ジョークをとばすこと以外、僕が何か喋ったことがあるか？　自説を主張し大声になったことがあるか？　喋ったことの中にワンチャン真面目な話があったか？　頭を冷やしてよく思い出してみてほしい。そうすれば、僕が毎度毎度、いかに絶え間なく無害なジョークを連発しているかがわかる。このひとの喋ること、ほぼほぼぜんぶ真剣味に欠けてるじゃん？　あとはこっちにテキトーに話合わせてるだけじゃん？　てことがわかるだろう。

それがひとと接するときの、僕の一定の態度だ。僕は僕の周りのひとと言い争いしたくないんだ。議論もいやなんだ。笑顔でなごやかにいきたいんだ。言っとくけど、僕の周りのひとって、おもに家族だからね。それも女性だからね。言い争っても得るものなんかないからね。もし、あなたの態度は事なかれ主義だと非難されたら、それも認めるよ。だって、いや認めないとか我《が》を張れば、争いの種がまたひとつ増えるでしょう。事なかれ主義でいいよ。僕はただ一日に二時間か三時間、仕事場で心静かに、ものを書く時間が持てればそれでいいんだ。

で、事なかれ主義と非難されるかもしれない態度を、僕は僕の周りの家族の、もうちょっと外周にいるひとたちにまで及ぼして、実践してきた。これもそのツモリなんだ。もうちょっと外周にいるひとたちって、たとえば佐世保で会う担当編集者のみなさんだね。そのひとりがオオキくんだよ。だからこれまで長いつきあいの中で、オオキくんがもし僕の発言に一度でも不快な思いをしたことがあるなら――そういや何ヶ月か前のメールで、昔のことほじくり返して、初対面のときの僕の一言に傷ついたみたいなこと訴えてた気がするけど――どうか冷静な頭でここまで書いてきたことを理解してほしい。

そうか、正午さんは常に一定の正午さんなんだ！　あのとき正午さんの一言に過剰反応したのは、あの一言を受けとめた自分の心が大波に揉まれていたせいだったのか！　たぶん編集業務が溜まってて心に余裕がなかったせいで正午さんのジョークの面白みに気づかなかったのだなあ、くらいに理解を深めてほしい。

さて。

今回はこれ以上書くことがない。

一点、ハトゲキの原稿に「気持ち」と「気持」の表記のばらつきがあった問題について、なぜそうなるのか？　ここで少し言い訳しておきたい気もするけど、その話は――僕に限らず、小説家一般の原稿になぜ表記のばらつきが生じるのか？　という疑問については――だいぶ前、「小説家の四季」二〇一八年夏の回で答えを書いてしまっているので、ここでまた書けば二番煎じになる。オオキくんはネットで「小説家の四季」のバックナンバーを読むべきだ。ていうか、むしろそっちを読んでから僕にメールを書くべきだった。東根さんならたぶんそうしてただろう。

もう一点、この十月に出る『月の満ち欠け』の文庫について、これが岩波文庫としてではなく「岩波文庫的」に出版されることについて、著者の立場から感想がないわけじゃないんだけど、その話はついこないだ、「小説家の四季」二〇一九年秋の回に書いてしまったので……以下同文になる。この件に関してもオオキくんは後手を引いている。東根さんならそんなことにはならなかったと思う。

あと最後に、オオキくんの推測では、

コレもしかして「岩波文庫的」じゃなくて、当初希望していた「岩波文庫」だったら、あそこまで大きな記事にならなかったんじゃないですかね？

ということだが、確かに、岩波文庫で出ていれば新聞の記事にもならなかったかもしれない。でも、それはそれでまた別の反響を呼んだんじゃないだろうか。大御所がずらりと顔を揃えた岩波文庫になんで佐藤正午の小説なんかまぜちゃうんだよ？　とか文句言うひとがいたんじゃないだろうか。正直、どんなひとが、どんな顔して文句言うのか、聞いてみたかった気がする。文句つけられるのは僕じゃなくて出版社のほうかもしれないけどさ、ま、それならそれで高みの見物ってとこで、そういう、何ていうか、得難い経験をしてみたかった気はする。ちょっと残念だ。

216
オオキ
2019/10/11
23:45

件名：825

年1回連載ぶんの小説原稿も、そろそろ落ち着いたころでしょうか？

と書き出してみて、なんとなく前にもこれと似たようなこと書いた気がして『きらら』のバックナンバーをさかのぼったところ、ちょうど1年なんスね、東根さんのピンチヒッターとしてオオキからこうしてメールを送るようになって。

そういえばつい先日、ひさびさに東根さんと電話で話したんですけど、双子育児のしんどさを一方的に聞かされました。「夜泣きの時間差アタック」（談）とかあるらしいスよ。

『岩波文庫的　月の満ち欠け』は、サカモトさんから見本を直接いただきました。アマゾンから届く前のことでした。

あいかわらずオオキは後手にまわってます。

先月のメール（9月11日送信）に書いた「825」も、気にかける人は少ないだろうと踏んでいたら、朝日新聞（9月17日付）で「佐藤さんの誕生日」と記事になってました。で、いやいや数字の意味はほかにもあるゾと思ってたら、『図書』10月号（9月28日発売）の「こぼればなし」で「佐藤さんの誕生日でもあった（直木賞の）贈呈式の当日、その姿はありませんでした」と先を越されました。もちろん「小説家の四季」２０１９秋の回（10月1日更新）や、『岩波文庫的 月の満ち欠け』に挟みこまれた刊行直前インタビューも読みました。

特に、あのインタビューにはウケましたよ。正午さんの冗談癖（オオキ的造語です）、「喋るときは常にひとを笑かしにいってる」感じが思うぞんぶん発揮されてましたね。

ただ正午さん、前回のメールにあった一節「絶え間なく無害なジョークを連発している」の「無害な」には、少々引っかかったんです。

たとえば、『月の満ち欠け』が直木賞に選ばれた直後のインタビューに「贈呈式の日がちょうど誕生日なんです。だから、こっちで誕生日のお祝いをしてるかもしれません」というジョークがありましたよね（「文春オンライン」より）。おそらくインタビユーアーも笑ったでしょうし、もしオオキがその場にいても苦笑してたはずです。終始なごやかな雰囲気のなか、みんな笑顔でめでたしめでたし……そこで終われば、ふだんから正午さんがご家族や担当編集者に連発してるような「無害なジョーク」で済んだんだと思います。

裏を返せば、「ひとと接するときの僕の態度は一定」という正午さんの言葉に嘘はないってことなんですけど、それでもインタビューはインタビューです。新直木賞作家の軽はずみな発言は、ネットニュースの見出しになって流れました。注目記事だったはずです。たくさんの人の目にとまり、いろんな人が当然いろんな受け取り方をしていたことでしょう。

そして迎えた贈呈式当日の8月25日。

「アイツはきょう仕事さぼって、佐藤正午と誕生日のお祝いしてんのか！」と、あらぬ誤解を受けた被害者が、現にいます。その誤解がもとで、職場で寿命が縮まる思いをした気の毒な被害者が、現に、ここにいます。

正午さんの冗談に、しょっちゅう笑わされていながらなんですが、かならずしもコレ「無害」とは言えないんじゃないですか？　あれ以来、たとえば3連単で⑧②⑤の目が

20170825.jpg

出ただけでも（ま、めったに出ないスけどね）、オオキはあの日の冷や汗を思い出します。正午さん、それでも「僕の冗談は無害」と言い張りますか？　オオキの実害例のほかにも、じっさいは、本人も見当がつかないようなとこで、たまーに被害者を出してるんじゃないスか？

217
佐藤
2019/10/24
11:43

件名：はやのみこみ

誕生日のお祝いといっても、僕は自分で誕生日のお祝いなんてしたことないし、ひとにされたこともない。誕生日おめでとうのカードやメールを貰ったことはある。誕生日プレゼントを貰ったこともある。そのくらいは何回かある。でもわざわざ誕生日祝いの席を設けて、ケーキを用意して、ハッピーバースデーをみんなで歌って僕がロウソクの火を吹き消す、とか一回もやったことない。子供のときも大人になってからもない。他人がそんなことやってるのをこの目で見たこともない。そんな集まりに招かれたこともなければ、たまたまそんな席に居合わせた経験もない。テレビや映画でそんなシーンを見たことはあるよ。でも現実にはない。

現実には、お誕生日会なんてやったことあるひとは少数派なんじゃないか？　ほんの一握り、とは言わないまでも、今年の参議院選挙に投票に行ったひとと棄権したひととの割合くらいじゃないか、お誕生日会やったことあるひととやったことないひととの割合は。もちろん自分の誕生日を忘れてるわけじゃなくて、ああ、きょう誕生日だな、またひとつ年とったなくらいは思うけどさ、ビールでも飲みながら、わたしはこの一年何をして来たんだろうとかそのくらいは思うかもしれないけど、そこまでで、それ以上は何もしないのが多数派なんじゃないの。ああ、そういえばきょう投票日だったなって思い出して、それ以上何もしないみたいに。


もう二十年ほど前かな、それ以上かな、二〇〇〇年より前だったか後だったかも曖昧なくらいの記憶なんだけど、東京の編集者から電話がかかって、佐世保に会いに来たいって言うんだよ、それもふたりで。

「佐藤さん、八月二十五日の予定は空いてますか？」

と訊かれてね、空いてますよ、とカレンダー見ながら答えて、そのときさらっと、

「その日は僕の誕生日ですね」

と言えばよかったんだけどなぜか言えなかった。

言えなかったせいで、電話を切ったあと余計なことに頭を使わなければならなくな

った。相手は編集者だし、仕事の打ち合わせではるばる佐世保まで来てくれる、というのはわかっている。でも「八月二十五日は空いてますか？」の日にち指定の質問が大いに気になる。むこうがその日を選んだのは、たんなる偶然なのか、それとも僕の誕生日だと知っててあえてその日の予定を確認したのか。どっちなんだろう？

たんなる偶然なんてことがあるだろうかと僕は怪しんだ。

その程度のたんなる偶然なんていくらでもあるとはわかっていても、そのときは怪しまずにいられなかった。だって佐世保に来るふたりの編集者というのは、まだそんなに長いつきあいではなかったけれど、月刊誌と、単行本（だったか文庫本だったか）の担当編集者だったんだよ。自分が担当する作家の誕生日を知らなくて、たままその日にその作家に会いにくるなんてとぼけた編集者がいるだろうか？　ひとりならまだわかるけど、ふたり揃ってそんなおとぼけ道中がありえるか？

ま、いま普通に考えて、担当編集者が作家の誕生日を知らないからってそれがどうした、仕事となんか関係あるのかって話だし、逆に僕のほうだって担当編集者の誕生日は知らないんだ。担当者ひとりひとりの誕生日を言えと言われても答えられない、何月生まれかも知らない、知りたい気がしない、教えられてもいちいち憶えてられない。おたがいさまだよ。でもね、このときの僕は「八月二十五日の予定空いてますか？」って電話で訊かれてるからね、オオキくんも自分の誕生日指定で予定を訊かれてみればわかるよ、その質問のあとではどうしたって普通には考えられない。たぶん誕生日だと知ってて来るな？　と僕は思った。

ふたりとも知ってるな？　最初はどっちかが気づいてどっちかに教えたんだろうけど、いまはふたりとも知ってるな。八月二十五日ってちょうど佐藤さんの誕生日じゃん、じゃあ打ち合わせついでに佐世保で誕生祝いもやっちゃおうよ、そいで好感度あげて点数かせいじゃおうよ、みたいななりゆきだな。

てことはまず、待ち合わせの店で会って即、おめでとうございまーすってにぎやかに乾杯だろうな。きっとプレゼントも持参で来るな、開けて喜ぶ顔つくらないとな。あとケーキにロウソクもワンチャンありかも、ハッピーバースデーの合唱もセットでワンチャンありかも。編集者ふたりで歌うのか、ディア佐藤さーんて聞かされるのか、居酒屋の座敷で。ん？　おれも一緒に歌うのか？　え？　歌うの？　どうなの、そういうときって？

そんな感じでその年の八月二十五日、ふたりの編集者が佐世保にやって来た。もうよく憶えてないけどどっかの店で会った。

それでどうなったかというと、お誕生日会なんて一回もやったことないしやってもらったこともないと最初に書いてるから、すでに語るに落ちてるわけなんだけど、それはもう、非常に気まずい（僕のほうだけ）一夜を過ごすことになった。ふたりの編集者の口からは、誕生日の夕の字も出なかった。
仕事の打ち合わせしながら三人で晩ご飯食べて、そのあともう一軒、二軒、僕の行きつけの店に行ったのか行かなかったのか、行ったような気がするし、行ったさきで、知り合いの誰かが「正午さん誕生日おめでとう」と言うんじゃないか、頼むから言わないでくれとヒヤヒヤしていたような記憶もうっすらとある。もし誰かひとりでもお祝いの言葉を口にすれば、それを聞いたとたん、こんどは事情を知った編集者たちのほうがもっと気まずい空気を感じるに違いないからね。気まずさと気まずさが混じり合って最悪だよ。重苦しすぎる空気だよ。そうなったらたまらないと思って、店のひとが近づいてくるたび誕生日の話題にならないよう全力をつくした。そのために自分からやたら喋った。頭フル回転で喋ったと思う。とにかく事実が露見するのが怖くて、ヒヤヒヤして、喋り疲れた一夜でもあった。

つまりね、誕生日といえばそういうパッしない記憶のほうが優勢で、いちばん優勢なのはもちろん「とくに何もなかった」記憶だけどさ、そんな人間が、もうひとつ、お誕生日会なんて現実には、やったことあるひととないひととの割合は、今年の参議院選挙に投票に行ったひとと棄権したひとの割合と同じ程度だろう、いちどもやったことないし今後もやる予定のないひとのほうが多数派だろう、というさっき書いた一般常識を踏まえた上で、軽い冗談を言ってるんだよ、あれは。オオキくんがそのせいで被害にあったとか、寿命が縮まる思いをしたとか、よく訳のわからない、ダルい難癖つけてきたあの僕の冗談は。

訳がわからないのもダルいのも佐藤正午が、ていうか佐藤正午にかぎらず作家が、ていうか作家にかぎらずいい年した大人が、大人の多数派が、お誕生日会なんてやるわけないから、でしょう。オオキくんだってそう思ってるからどんな「被害にあった」のか、どう「寿命が縮まる思いをした」のか書こうとしても気合いが抜けちゃうんじゃないの？「アイツはきょう仕事さぼって、佐藤正午と誕生日のお祝いしてんのか！」ってあらぬ誤解を受けたそうだけど、誤解するほうがおかしいんだよ。そもそも誤解として成立しない誤解なんだよ。せめて「アイツはきょう仕事さぼって、佐藤正午と競輪やってんのか！」くらい言えよ、ってそのひとに言っといてよ。それだったらワンチャンありえるから。ていうか、オオキくんがもっと気合い入れてワンチャンありえる誤解をそのひとに言わせるべきなんだよ、最初から。ちなみにワンチャンワンチャンてさっきからうるさいようだけど、前よりは使いかたがこなれてきたと思わないか。

さて、と。

今回もまたこれ以上書くことがない。

なんで毎回毎回「これ以上書くことがない」と僕が書くことになるのかは、オオキくんのほうで胸に手をあてていちど考えてみてほしい。考えてもわからなければ東根さんに相談してみるのもいいかもしれない。

こないだ公園でひとりでポケモンＧＯやってたんだ。そしたら年配の婦人に声をかけられたんだ。僕よりも年上の婦人だった。たぶん七十歳くらいだろう。これ以上書くことはないけどこのまま終わるのも物足りないからこれは余談だ。余談が切れ目なく始まってるんだ。僕は公園のベンチにすわってスマホをいじっていた。レイドの時間なのに人数集まらないから、ひとりでカイリキー倒すつもりで6体のパーティを編成していた。すると婦人がすぐそばに立って言ったんだ。

「あの、すみませんが、ちょっといいですか?」

いいわけないよね。

見りゃわかるよね? まわりだーれもいないでしょ、仕方ないからソロレイドやるんですよ、あと一分で開始なんですよ。ふだんの僕ならそう思って耳を貸さなかったはずなんだけど、なぜかそのときは、あ、このひと、佐藤正午の読者だなとピンときた。僕がその佐藤正午だとわかってて声をかけてるんだな。

「あっ、いいですよ」と僕は答えて、てのひらでベンチの空いた場所を示した。隣にすわってください、立ったまま話すのもなんですから、ふうの身振りで。

なぜそのときピンときたかというと、今年の夏、例の年一連載の打ち合わせで編集者が佐世保に来たときに、久しぶりになじみの店をのぞいたら、ママから「こないだね、びっくりしたんだけど、佐藤正午ファンの女性が東京から飲みに来てくれた。それが七十代のご婦人で、『身の上話』がいちばん好きだと言ってた」という情報を聞かされていたからで、しかもそれだけじゃなくて、一緒に話を聞いていた編集者が「ああ、そういえば、こないだ親戚のおばさんのお見舞いに正午さんの本を持っていったら、同じ病室の患者さんが佐藤正午の小説は自分も読んでいると言い出して、聞いてみたらいちばん好きなのは『身の上話』ということでした。その女性も正午さんより年上でしたね」と言った。その二つの情報が、自分で思ったよりも深く印象に刻まれていたせいだろう。ひらたく言えば嬉《うれ》しかったんだろう。なんと！　佐藤正午の小説は、なかでも『身の上話』は、高齢の女性のあいだで人気が高いのか！

で僕はてのひらでベンチを示したわけ。どうぞ、隣にすわってください。やっぱりいちばんは『身の上話』ですか？　あれはダンカイの世代から上のかたになぜか人気があるんですよね。え、いま本をお持ちなんですか？　じゃあサインしましょう。ええいくらでもしますよサインなんて、とかそんな話をするつもりで。ところが婦人はベンチにはすわらなかった。

僕の隣にすわるつもりなんかなさそうだった。

ま、あとはわかるよね？

なにしろこのメールのタイトルが「はやのみこみ」だし、これもとっくに語るに落ちてると言えば言えるわけなんだけど、その婦人は佐藤正午のサインが欲しかったんじゃなくて、僕に道を訊ねただけだった。ひさしぶりに顔が赤くなるかと思った。

バツの悪さをごまかすために、僕は親切な地元のひとになりきって、自分からさっと立ち上がって、……あそこに赤い自販機があるでしょう、そのさきの坂道をまっすぐ上って、上りきったら左に曲がって……と手振りをまぜながら、キタサセボ駅までの道順を教えることになった。婦人が礼を述べて去ると、念のためまわりを一回見渡して、こっちを見て笑ってる人間がいないのを確認して、それからカイリキーを倒しにかかった。

件名：クビになるかも

218
オオキ
2019/11/14
13:21

『岩波文庫的　月の満ち欠け』が増刷されているそうですね（事情通から聞きました）。

よかったです。社交辞令ではなく、こころからそう思います。

よかったです、の真意はなんて説明したらいいんスかね。正午さんに印税が余計に入って、来週からはじまる競輪祭も思うぞんぶん車券を買えるだろう、という意味とは別なんです。

正午さんもつい先日、サイン本づくりで長崎市内の書店に行かれたのでわかると思いますが、どこの書店でも最近殊《こと》にすごいじゃないですか、新刊コーナーにずらりと並ぶ本の熱気、「買ってくれー」と訴えかけるような声なき声が。声なき声って、具体的にはオビに入った売り文句やド派手なカバーのことですけど。いちおうこのオオキも編集の仕事をしている手前、目立ってナンボ、「ジャケ買い」でもなんでもいいから、自分が担当した本が一冊でも多くの方の手に取られ、そして読まれてほしいという気持があります。行列のできるラーメン屋の軒先に「人気店!」の幟《のぼり》をわざわざ立てちゃうようなオビも、時には野暮を承知でつくってる気もします。

でもその反面、そういう熱狂にちょっとノリきれないところも正直オオキにはあって(この不況のさなか、これ以上ヘタなこと書くとクビになるかもしれません)、だからこそ、「岩波文庫的」な装いになった直木賞受賞作を応援したい気持もありました。たぶん正午さんの著作じゃなかったとしても、こっそり応援してたんじゃないかなぁ。

ちょっと入りづらそうな老舗の鮨屋みたいな雰囲気、あるじゃないスか、岩波文庫のあの見た目って。いや「的」でもですよ（個人の感想です）。正午さんも例の刊行直前インタビューで言ってましたよね、「大部数を売りたいんだったら、そもそもこんな装丁じゃなくてもっと派手につくるでしょ？」って。

その「大部数」に達しているのかは知りません。でもともかくいま増刷がつづいている。先ほど書いた鮨屋のたとえを引っ張れば、無愛想な店構えでもそこに腕利きの職人がいればきちんと客が入る。そんな（当然といえば当然の）事実を確かめられただけでも、オオキのような不器用な編集者は勇気をもらえます。そういう意味も込みでの、よかったです、です。

ところで正午さん、ちょっと太りました？

長崎の書店でのようすが、お店のTwitterにアップされてて、片手にコンビニ袋を提げた姿には笑っちゃいましたけど、少し顔がふっくらしたように見えました。写真のせいっスかね？

考えてみれば、すき焼きをご馳走《ちそう》になって以来、1年近くお会いしてません。せっかくキラフレンドなのに、ポケモン交換もできていません。いいんです、毎回「これ以上書くことがない」と言われても、いただける原稿は決まっておもしろいんで。このメールを書いてる最中、正午さんの年1回の連載小説が掲載された『小説 野性時代』12月号も入手しました。するとなんだかもう、年末がすぐそこに近づいてる気がします。

219
佐藤
2019/11/22
12:33

件名：正午さんしだいなんですよ

オオキくんの指摘どおり「少し顔がふっくらした」と思うよ。自分で写真見ても気づくくらいに変わった。二年前のちょうどいまごろと比べると体重が6キロ増えた。けどそれはたぶん太ったんじゃなくてもとの体重を取り戻したというべきなんだ。長編ひとつ書くと体重が5キロほど減る。昔からそうだ。この話は何回もしてる。ハトゲキ書きあげたときも減った。いつもならそれがもとに戻るころに次の長編にとりかかるんだけど、サカモトくんに尻叩かれて、きっちり戻りきらないうちに『月の満ち欠け』に手をつけた。それが失敗だった。二年前の春、単行本が出るころにはさらに何キロか痩《や》せていた。その後、夏ばてもあって体重は減りつづけてとうとう50キロを割った。身長は僕175センチあるんだよ、なのに体重は40キロ台だったんだよ。

これまでの人生でいちばん痩せ細っていた時期だ、二〇一七年の秋は。正直もう長くないかと思った。

それからまる二年、じりじり戻して、いま6キロ増加というところなんだ。でも体重増えるのもここまでだと思う。だって次の長編書き出してるからね。これからまた痩せていくんだ。来年か再来年にはこんどはまたオオキくんに「少し顔がほっそりした」と指摘されるだろう。


ところで長崎の書店（さん）のツイッターにアップされたあの写真ね、むこうのひとがスマホで撮影したんだけど、そのとき、いったんスマホをかまえたあとで、僕の持ってるコンビニ袋が目にとまったらしく、

「あ、佐藤せんせい、その袋はこっちへ」

と気遣ってくれたんだ。

佐世保駅のコンビニで買ったタバコや携帯用灰皿やあと自宅から持ってきたモバイルバッテリーなんかが入ってる、それが透けて見えるビニール袋。なにしろ「佐藤せんせい」だからさ、作家のせんせいがそんな袋をぶらさげて写真にうつっちゃみっともないでしょう、こちらで預かりますよ、そんな感じの気遣いだね。でもその気遣いに対して僕は、

「あ、いえ、これはこのまま、持ったままで」

と答えたんだ。どうせ写真撮られるなら、そしてそれがどうせSNSにアップされるのなら、あえてコンビニ袋は持ったままうつりたいと思ったんだ。だってそれがなければ僕は本物のせんせいづらで写真におさまることになるからね。本物のせんせいづらなんてできるわけないからね。コンビニ袋はあったほうが心強い。アップされた写真見たひとに、だれ、このひと、コンビニ帰りのおじさん？　とか思われるくらいがちょうどいい。ま、その写真見て、オオキくんは「笑っちゃいました」ということらしいけど、撮影された側の意図としては、それでいいんだ。

ほんとはさ、ほんとのほんとは、僕としては写真になんかうつらないのがいちばんいいんだけど、でも、佐世保から長崎にやってくる「佐藤せんせい」を待ち構えて、むこうのひとがその気でスマホかまえてるのに、写真はやめてくださいとか断れない。もともと気の優しい人間だし、あと、事なかれ主義だしね。そうでなくても書店（さん）側は岩波文庫的『月の満ち欠け』を山ほど仕入れて、言葉の綾《あや》じゃなくてまさに山と積み上げて売ってやろうと気合い入れてくれてるんだし。ほんとのほんとは、とか言ってる場合じゃないよ。何を求められようと、佐藤せんせい、唯々諾々だよ。

佐世保から長崎まで、オオキくんもハトゲキのサイン本作りのとき一緒に行ったことあるから憶えてるはずだけど、電車で二時間かかる。その二時間の行程が、僕みたいに出不精な人間には億劫《おっくう》でならない。たとえば自宅のテーブルに百冊、誰かが本を積んでくれたとする。だったらサインするのは簡単なことなんだよ。佐藤正午のサインなんて、一冊につき一秒で書ける。知ってるひとのあいだでは、ラッカン押すほうがよっぽど時間がかかると評判のサインだからね。でもテーブルに百冊の本が積んである場所まで、二時間かけて移動する、そのために早起きもする、着替えて、タクシー呼んで、佐世保駅まで行って切符買って……と考えるだけでユーツになる。早起きのせいで生活のリズムも乱れる。ストレスのせいで痔《じ》も出る。

余談だよ。

ここまでずっと、ぜんぶ余談。

「いいんです、毎回『これ以上書くことがない』と言われても」

とオオキくんが書いてきたから言わせてもらうけど、今回はもう最初からこれ以上書くことがない。だってさ、オオキくんのメールのなかで、疑問符のついた質問らしい質問といえば、

ところで正午さん、ちょっと太りました？

これだけだからね。

は？　て言いたくなるよ。

今月はこの質問に回答するの？

マジか。回答するのか。この僕が、ちょっと太ったか太らないかの質問に？　仕事用のiMac使って？　どんな顔して？　原稿書くの？　書いたとして、そいで？　印刷所にまわして？　校正のひとにも読んでもらって？　いつものように誤字直されて？　校了して？　ちょっと太ったか太らないか真相が今月号の『きらら』で明かされて？　あげく原稿料が支払われるの？　いやいやいや、それはないぜ、オオキくん……とか言いながら、まあ、回答はもう書いちゃったけどさ。

それとあとね、は？　までは行かないけど、メールの前半で岩波文庫的『月の満ち欠け』に触れてあるのを読んで、ちょこちょこ引っかかった。とくにこれ、

「大部数を売りたいんだったら、そもそもこんな装丁じゃなくてもっと派手につくるでしょ？」

この佐藤正午の発言を、オオキくんはど、ストレートに受けとめているようだけど、それでいいのか？

これ、岩波文庫的『月の満ち欠け』にはさまってる投げ込み（と業界で呼ばれる印刷物）からの引用でしょう。つまりさ、この著者の発言は、岩波文庫的『月の満ち欠け』の販促のため、本をたくさん売るために用意されているわけでしょう。それをまともに言葉どおりに受けとめていいのか。そもそもどんな発言にしろ作家の言うことを額面どおり信じちゃっていいのか？　なかでも佐藤正午みたいな誠実とは縁遠い作家の言うことをさ。「大部数を売りたいんだったら」って彼は言うけど、では訊くけど「大部数を売りたくない」どんな理由が彼にあるんだろう。ていうか自分の本を「大部数を売りたくない」作家などいるのか。そんな作家に同調して本を出す出版社があるのか？

そういう、身も蓋《ふた》もないこともさ、オオキくんはメール書くとき無精せずに考えてみるべきじゃなかったのかな。

無精はよくないと僕は思うんだ。もちろん自戒をこめて、なんだけどさ、メールでも小説でも同じで、ものを書くとき、てっとりばやく、まっしぐらに、一方向に進むんじゃなくて、もう一方の反対の方向にも頭を向ける。そうすると面倒でもバランスを取らなきゃいけなくなるよね。子供のときシーソーに一人で乗って、中心点を両足でまたいで立って、左右のバランスを取ったことないか？　ものを書くとき、そういうバランスをたもつ感覚って大事だと思うんだ。それがないと、独善的に傾くと思うんだ。今回のオオキくんのメール、岩波文庫的『月の満ち欠け』に触れたところがあまりに一方に傾きすぎてるよ。「無愛想な店構えでもそこに腕利きの職人がいればきちんと客が入る」の鮨屋のたとえは、地味な装丁でも良い作品であれば本は売れる、とでも言いたいんだろうけど、そこでバランス感覚が失われている、ように僕には読める。シーソーの端が完全に地面を叩いてる。それをもう一回浮かせるために、無精せずに軸足をずらして、書くべきことがあったんじゃないだろうか。

さっきの「佐藤せんせい」でひとつ思い出したんだけど、これも余談だよ、岩波文庫的『月の満ち欠け』のサイン本をさ、地元佐世保の書店（さん）にも置いてもらったんだよね、五十冊ずつ二回に分けて計百冊。一回目は出版元から送られてきた五十冊に自宅でサインして、家族に手伝ってもらってダンボールに詰め直したのを自分で（途中まではタクシーで）抱えて行って直接おさめた。二回目は、夕方散歩のついでに店まで歩いていって、こんにちわと挨拶して、レジカウンター裏の従業員更衣室みたいな部屋に一人にしてもらって、五十冊サインを書いた。ハンコも自分で押した。時間を計ってみたら三十分もかからなかった。

その一回目の五十冊のとき、書店（さん）側が前もって広告を出してくれてたんだよ、サイン本の予約承りますって、かなり目立つポスターを貼り出してくれた。僕がダンボール抱えて直接納入するだいぶ前、九月の下旬くらいだったかな。でポスター見て予約の電話をかけたひとが知り合いの知り合いにいてね、知り合いからまた聞きした話では、その知り合いの知り合いのひとが予約の電話をして、最後に、サイン本は十月の何日にお店に入りますか？　と質問したら、担当のひとが、

「何日になるかは、はっきりわかりません」

と答えて、そのあと、こう付け加えたんだって。

「正午さんしだいなんですよ」

まあ、当然といえば当然の応対だよね。

段取りとしては、出版元が著者に五十冊本を送って、著者がそれにサインしたのち店に届けると話がついていたわけだから、サイン本の到着を待つ立場の担当のひとはそう答えるしかないと思う。ただこれを聞いて僕が意外だったのは、担当のひとが著者である僕のことを、佐藤せんせいじゃなくて、佐藤さんでもなくて、正午さんと呼んだってことなんだ。

何度も確かめたんだよ、知り合いに。その書店員さんはほんとに佐藤正午のことを正午さんて呼んだのか？　って。うん、そうらしいよ、って知り合いは言ってた。そうらしいよ、だからね、ほんとにそうなのかは、わからない。二回目の五十冊のとき、店まで出向いてサインしたときに、誰かが僕に「正午さん」と呼びかけるかもしれな

いと思って注意してたんだけど、残念ながら、何人か働いている書店員さんの誰からも呼びかけられることはなかった。僕が店にいた時間は三十分くらい、最初にこんにちわと挨拶して、レジ裏にこもって集中してサインして、どうもでした、とまた挨拶して引きあげて来ただけだった。

でもね、この話、ほんとだったらいいなと僕は思ってる。

地元佐世保の書店員さんといっても、よく知らないひとたちなんだよ、交流なんてぜんぜんないし、名前だってわからない、道ですれ違っても顔もおぼえていないんだよ。そういうひとたちがさ、ひとたちじゃなくてなかの一人だけだとしても、同じ街で小説を書いてる作家、ひとづきあいの悪い作家のことを、親戚のおじさんみたいに、正午さんと呼んでいる、公式に。サイン本の予約を受ける電話でそう呼ぶんだから、公式にということだよね。まあ別の言い方だと、本人の知らないところでは、もしくは、陰では、ということになるだろうけどさ。でもそういうのって、なんか、いい感じだと思うんだよ。現実にそくしてるというか、リアルさが感じ取れるというか。これがね、正午さんじゃなくても別に、たとえば、あのおじさん、でもいいんだ。

「サイン本はいつお店に入るんですか?」

「わかりません。あのおじさんしだいなんですよ」

悪くない。

佐世保の書店界隈《かいわい》で、陰で「あのおじさん」て呼び方が公式に採用されていたとしてもぜんぜん悪い感じはしない。少なくとも、陰でも日なたでも、佐藤せんせい、と呼ばれるよりは断然いいと思うんだ。だって佐藤せんせいって言われるとさ、これまでたどってきた自分の人生の長い道のりに思いをはせて、悪い夢でも見ているような気がするんだよ。オレはいったい何をして来たんだ、どこをどう通っていまここに立っているんだ？　一瞬、ほんとに一瞬、ちらっとだけどこの現実の世界がぐにゃっとゆがんで見えるんだよ。立ちくらみだよ。そりゃ先生と呼ばれる作家は大勢いるだろう。そう呼ばれるにあたいする作家もいるだろう。でも佐藤正午がせんせいになっちゃった世界はやっぱりどこかまともじゃないよ。もしほんとに正午さんて呼んでいるのなら、サイン本の予約係のひとは冷静にまともな世界を見ていると思う。僕はそんな気がする。オオキくんはどう？　そう思わないか？

220
オオキ
2019/12/12
02:55

件名：「佐藤さん」と「正午さん」

そうスね、佐藤正午は「せんせい」と呼ばれるにあたいしない作家ですね！　なんて担当者の立場からは口が裂けても言えず、だからって、佐藤正午を「せんせい」と呼ばずしてワタクシは誰を「せんせい」と呼べばいいのでしょう？　みたいな、反語的なよいしょも気持悪いんで、それとは別の角度からいきます。オオキも先月、作家への「せんせい」という敬称について考える機会があったんです。

　ある脚本の下書きを頼まれて読みました。いずれ映画とかドラマになるものなんで内容は詳しく書けませんけど、その作中に編集者が作家を「先生」と呼ぶ場面があったんですね。オオキはそこに少し引っかかりました。理由は2つ。かれこれ10年近く前のこと。「正午先生って、気安く呼びかけるのはやめてもらえないでしょうかね。気味が悪い」という返信（✉041）が届いて以来、東根さんに「正午先生とか呼んじゃえば」と当時そそのかした張本人として、もともとこの敬称に敏感だったのが1つ。もう1つは、そもそも作家の方を「せんせい」って呼んでるだろうか、現実にワレワレ編集者は？　という疑問があったからです。

　面とむかって正午さんを「せんせい」って呼んだこと、一度もないっスよね？　面とむかってなくてもないいんスけど、もしオオキがそう呼んだとしたら、（東根さんには悪いことしました）「僕のこと、ばかにしてる？」って睨《にら》まれますよね？　正午さんに限らず、ほかの作家をそう呼んだ記憶もないんスよ。

念のため、職場の同僚数人にも「せんせい」って呼んでるのか確かめました。「手紙やメールとかならたまに使うけど、本人を前には言わない」「他社の若い編集者がそう呼んでるのは聞いたことある」「コミックの編集者は使うかも？」といった感じで、少なくともオオキがいま働く文芸編集室では、「せんせい」を使わない派が主流のようだ、そんなことが判明していたところで、正午さんから前回のメールが届いたんです。

オオキが読んだものについていえば、台詞中心の脚本という性質上、「先生」と呼んだほうが編集者と作家の関係がわかりやすい、とか、フィクション的にはそっちのほうがリアル、という考え方もなんとなくわかります。あと事実はどうか知りませんけど、脚本家自身が、周囲から「先生」と呼ばれているようなイメージもオオキにはあります。だから、そう書かれることに異を唱えるつもりはないんです（シーソーのバランスはとれてます？）。

ただ、「せんせい」という敬称について編集者の立場からオオキもちょうど考えていた、くらいのことです、ここまで。

で、じゃあ、てめーはどう呼んでるんだって話から本題です。

おつきあいしている小説家をオオキは月並みに、さんづけで呼んでいます。基本「苗字＋さん」です。基本、と書いたのは「下の名前＋さん」で呼んでいる例外があるからで、オオキにとって唯一の例外が「正午さん」なんです。

なんで正午さんだけ、下の名前で呼んでるんでしょう？

これが、なかなかの謎です。

誰かにそう呼べと言われたわけでもないですし、初対面のときからそう呼んでる事実があるだけで。いや、どうでもいいことかもしれないスよ。けど、わりと真剣にこの理由を探っていくと、だいたいワレワレ人間は何を基準にして、苗字で呼ぶか、下の名前で呼ぶか、の判断をくだしているのだろう、といった手に負えないところまで連れて行かれます。

職場で再びリサーチしたところ、担当編集者から「下の名前＋さん」で呼ばれている作家は、正午さんのほかにも意外といるようです。直接オオキが担当しているわけじゃないんで名前は挙げませんけど、そこに下の名前で呼ぶ規則性のようなもの、共通点は見出せません。たとえば、佐藤という苗字の作家が複数いるから、下の名前で呼んで区別してるのかも、みたいなことも考えました。でも、同じ職場で佐藤某《なにがし》さんを担当する編集者は、「佐藤さん」と呼んでるそうなんです。ほかにも、下の名前で呼ぶのは単純に親しみの表れか？　とか考えましたけど、だとすると、苗字で呼んでいる作家とは親しくないのかってことになって、それもなんだかちがう。

どうも理屈じゃ説明できないんですよ。

正午さん、どうして佐藤正午は「正午さん」と呼ばれてるんでしょうか？　オオキが知ってる佐世保の人たちからも、佐藤正午は「正午さん」と呼ばれていま す。喫茶店のマスターからも、居酒屋の女将《おかみ》や大将からも、スナックのママやアルバイトの女の子たちからも、「佐藤さん」じゃなくて「正午さん」。苗字で呼ぶ（呼び捨てする）のは、ニシさんとか正午さんの高校時代の同級生とか、つきあいの長い方だけです。「心の準備は必要か？」と題されたエッセイ（『オール讀物』2017年9月号掲載）をどストレートに読むと、デビューから十年くらいは、編集者から「佐藤さん」「佐藤くん」と呼ばれていたんですよね？　オオクボさんが「佐藤さん」と呼んでいるのも、その頃からのつきあいだからスかね？

ということは、佐藤正午ヒストリーのどこかで「正午さん」と呼ばれる転機があったんじゃないでしょうか？　呼ばれる本人からしてみれば、劇的な転機だったにちがいありません。

書きながら、このあたり、だんだん大喜利のお題のようにも思えてきましたけど、佐藤正午が最初に「正午さん」と呼ばれたのは、いつごろのことでしたか？　そう呼んだのは、佐世保の知り合いでしたか？　それとも編集者でしたか？　「サカモトくんさー、佐藤せんせい、なんて呼ばれたら目眩《めまい》がするから、下の名前で呼んでよ」など編集者にみずから注文した覚えはありますか？

追記。例年通り、『きらら』への原稿が２０１９年の仕事納めになるのかもしれません。１年間、毎月ありがとうございました。このメールを送信したら、もちろん年末のＳＳＧＴに頭を切り替えます。大一番のあと、正午さんがヤマガタ町あたりの店で「何ね、どがんしたと？　ため息やらついて、正午さんらしゅうなかっちゃい？」とか言われないように、盤石の態勢でオオキは佐世保へむかいます。

221
佐藤
2019/12/18
13:03

件名：しょうごさんと正午さん

オオキくんが初対面のときから僕を「正午さん」と呼んでいたかどうかは知らないけど、事実そうだったとして、そう呼びかけたオオキくんも呼ばれた僕も、最初からそのことを不自然に感じなかったとすれば、それは思うに、あれじゃないか、昔あった「佐藤正午公式ホームページ」の掲示板のせいじゃないか？

そこに僕は「shogo」のハンドルネームでよく書き込みをしてたんだよね、オオキくんも知ってのとおり。

もう二十年くらい前だ。この話、以前、どんぐり先生とのメールのやりとりのときにもしたよね。そのころ僕は「shogo」という名で、どんぐり先生は「どんぐり」という名で、夜な夜な掲示板に書き込みをしていた。で、その掲示板上では、僕は常連のみなさんから「shogo さん」と呼ばれていた。誰かに呼びかけるときはハンドルネームに「さん」づけが通例だからね。掲示板に登場するひとたちはほぼ全員、僕のことは「shogo さん」と呼んでいた。どんぐり先生のことを「どんぐりさん」て呼ぶひとはいなかったようだけどね、どんぐり先生は「どんぐり」と名乗ってもなぜかどんぐり先生なんだけど、ま、何事にも例外はあるよ。

オオキくんもたまに、その掲示板に登場して書き込んだことあったでしょう。書き込むのはたまにでも、読むのはよく読んでくれてたんじゃないか。そうするとさ、僕がみんなから「shogo さん」と呼ばれてるのを見てるわけでしょう。つまりその呼び名になじんでいるわけでしょう。オオキくんじしんが書き込んだときにも、一回や二回は「shogo さん」と呼びかけたことがあったかもしれないわけでしょう?

きっとそのせいで、初対面のときも特に抵抗なく「正午さん」と呼びかけられたんじゃないかな。だって「shogo さん」も「正午さん」も発音すれば同じ「しょうごさん」だからね。もしかしたら最初に「正午さん」とオオキくんが僕に呼びかけたとき、頭の中のイメージとしては、漢字じゃなくてアルファベット文字があったのかもしれないね。そしてそれは呼ばれた僕のほうでも同様だったかもしれない。掲示板上でさんざん「shogoさん」と呼ばれ慣れてたせいで、初対面の編集者にいきなり「正午さん」と呼ばれても、その音声が「しょうごさん」↓「shogoさん」と見慣れた文字に脳内変換されて不自然には感じなかったのかもしれない。

ハトゲキの単行本出たときサイン会やったよね。そのとき昔の掲示板の常連のひとたちが何人か来てくれた。そいでそのひとたちはさ、僕の記憶では、みんな佐藤正午のことを「しょうごさん」またはちょっと茶化す感じで「しょうごせんせい」と呼ぶんだね。けどそれは「正午さん」でも「正午せんせい」でもないんだよ。掲示板の登場人物としての「shogoさん」であり、その「shogoさん」がすました顔でサイン会なんかやってるから「shogoせんせい」なんだ。呼ばれた僕にはそう聞き取れるし、呼ぶひとたちもそのつもりだからぜんぜん違和感なんかなくて、自然に受け答えできる。たぶんそういうことなんじゃないか。

どんぐり先生にさ、もし僕が会ったとするでしょう、現実に、そしたらきっと同じようなことが起きると思う。想像だけど、もしも何も会う機会は今後もないような気はするけど、たとえばの話、道を歩いてて ばったり会ったとして、初対面でも僕はどんぐり先生には「どんぐり先生！」と呼びかけると思うんだ、自然に。そしたらどんぐり先生のほうでも嫌な顔はせずに、「やあshogoさん！」って答えてくれるだろう。そんな気がする。そういえば、オオキくんは仕事でどんぐり先生と何度か会ったことあるんじゃないのか？　最初に会ったときはどうだったの。やっぱりどんぐり先生のことはどんぐり先生と呼んだんじゃないの？　昔の掲示板仲間として。僕のことをshogoさんと呼んだように。

しょうごさんって言うとき、ひとが頭にどんな文字を思い浮かべているか、その話を続けるとね、オオキくんはメールにこう書いてるでしょう？

「オオキが知ってる佐世保の人たちからも、佐藤正午は『正午さん』と呼ばれています。喫茶店のマスターからも、居酒屋の女将や大将からも、スナックのママやアルバイトの女の子たちからも」

この指摘も正しいような正しくないような、なんだよ。

いつだったか、そう遠くない昔、行きつけの店に忘れ物をしたことがあってね、電話がかかってきて、いつ取りに来るか訊かれたから明日って答えたら、その電話をかけてきた顔なじみの女性が、明日は自分はお休みだから、ほかのスタッフにわかるように伝えておきますって言ってくれた。そいで翌日、その店に行ってみたら、僕の忘

れ物を紙袋に入れて、その上にていねいにメモを貼り付けてあったんだけど、そのメモには、

「省吾さん」

て書いてあった。

要するにその顔なじみの女性は、僕のことを何年ものあいだ「正午さん」じゃなくて「省吾さん」だと思い込んでたわけだね。まあね、いくら顔なじみでも、小説家佐藤正午に関心が薄ければそういう思い込みも仕方ないよ、ひとの名前として「正午」は一般的じゃないし、いちがいに責められない。ただ僕が思うに、実際にこんなエピソードがあるからにはさ、オオキくんは厳密にはこう書くべきなんだ。

「オオキが知ってる佐世保の人たちからも、佐藤正午は『しょうごさん』と呼ばれています」

でもそれが漢字に直せば「正午さん」かどうかは保証のかぎりではないんだよ。

あといまふと思い出したんだけど、これは一回書いたことがあったっけ？　あるひとがさ、「佐藤正午さん？」と僕の名前を確認しようとして「さとう……まさ……うしさん？」と読み違えたことがあった。そのひとも佐世保市民だった。「午」と「牛」の強引な読み違え、ま、これはちょっと話が逸れるか。

しょうごさんと言うとき、ひとが頭にどんな文字を浮かべているか、ここまで来たらこの話を引きのばすしかないから、さらに続けるとね、掲示板仲間だったオオキくんは別として、仕事で会う編集者が僕を「しょうごさん」と呼ぶとき、それはもちろん「正午さん」の文字が頭にあるだろう。小説家佐藤正午対編集者で、わざわざ佐世保まで来て話してるわけだからね、ほかの文字はありえない。

そいで、じゃあなぜその編集者は佐藤正午を「佐藤さん」じゃなくて「正午さん」と呼ぶのか、想像するに、郷に入っては郷に従えって言葉があるでしょう？

どういうことかっていうと、東京から来た編集者はだいたい小説家のなじみの店に連れていかれて晩ご飯食べたり酒を飲んだりするわけだよ、すると店のひとたちが「しょうごさん」て呼ぶのを聞くよね？　行く先々で、何度も何度も。その「しょうごさん」は実のところは「省吾さん」かもしれないし、あるいは「正吾さん」かも「昭吾さん」かもしれないんだけど、編集者は「正午さん」と聞き取る。まわりがみんな「正午さん」と呼んでるのに、自分だけ「佐藤さん」と呼び続けるのは堅苦しい気がする、仲間に入れてもらえてない気もする、だんだん酔ってきてもいるしね、もっとくだけたい、ここはみんなに合わせて「正午さん」にしよう、で一回そう呼んでみる、別になんてことない、小説家もふつうに返事をする、ていうか最初から何と呼ばれようと気にも留めてないみたいだし、じゃあこれでいい、今後も佐世保に来たらこれで行こう……みたいな流れじゃないかな？

この郷に入っては郷に従え説、ふざけてるみたいだけど、じゅうぶんありうると思うんだ。佐世保に来たらこれで行こう、のところがさ、だんだんと佐世保に来る回数が重なって、習慣になって、そのうち、東京に帰ってからもこれで行こう、になるんじゃないのかな？　こうしてやがて佐藤正午は顔見知りの編集者の多くから「正午さん」と呼ばれるようになるわけだね。一つの仮説として。

ま、どうでもいい仮説だけど。

ほんとにどうでもいいのはわかってるんだけど、話を振ってきたのはオオキくんだから、さらに記憶をたどって続けると、一九九〇年代だと思うんだよね、佐藤正午を「正午さん」と呼ぶ編集者が現れたのは。

九〇年代によく佐世保に来てくれてたのは角川書店（いまのＫＡＤＯＫＡＷＡ）の編集者たちで、のちに『きみは誤解している』に収録される短編や、長編の『取り扱い注意』を書いていた時代だからその打ち合わせのためだった。一対一で佐藤正午と会うのは気詰まりなのか、来るときは二人とか三人とかたいてい複数で来た。そのなかに僕と同姓の編集者がいてね、むこうが年下だから僕は「佐藤くん」と呼んで、むこうが僕を「佐藤さん」と呼べばそれが自然なんだろうけど、でもいま思い出してみると、どうも、お互いに苗字で呼び合った記憶がない。

年齢とか立場とか考慮して「佐藤くん」「佐藤さん」と呼び合うのはマナーとしては自然かもしれないけど、でも自分と同じ苗字で他人を呼ぶのは――相手にいちいち話しかけるたびに自分と同じ苗字を連呼するのは――当人たちにとってはあんまり自然なことではないんだよね。なんかちょっと居心地悪い。けどそういう居心地の悪さをその佐藤くんとのあいだに感じたおぼえがない。てことは初対面のときから、その編集者は（居心地の悪さを回避するために）作家をあえて「正午さん」と呼んだのかもしれない。僕もその意を汲んで、あえて下の名前に「くん」づけで呼んだのかもしれない。ふたりでこう呼び合おうと打ち合わせたわけでもないのに、気づいたらもう、互いに「正午さん」「＊＊＊くん」と呼び合う関係が出来あがっていた、ような気がする。

で一緒に来てた編集者たちも空気を読んで、いつのまにか「正午さん」と呼ぶようになった。もちろん僕のほうは同姓じゃない編集者の場合は苗字に「くん」づけを採用するんだけど、若い編集者たちはそれでもかまわず僕を「正午さん」と呼んだ。佐藤姓の編集者が異動になって担当が替わってからも状況は変わらなかった。九〇年代から二〇一九年現在にいたるまで一貫して変わらなかった。こうして、あたかも前任者から伝統を受け継ぐみたいに、角川書店の編集者たちは、ＫＡＤＯＫＡＷＡと社名が新しくなったいまなお佐藤正午を「正午さん」と呼び続けている……というような流れも一つあるんじゃないかな？

これはこれでまた一つの仮説、同姓の編集者が担当だと作家は下の名前に「さん」づけで呼ばれる説、だね。これとさっきの郷に入っては郷に従え説、あと最初に紹介した昔の掲示板の名残り説、三つあわせて今回のオオキくんの、堂々と疑問符を打って訊ねてきたメインの質問、

正午さん、どうして佐藤正午は「正午さん」と呼ばれてるんでしょうか？


への回答になるわけだ。

この質問内容がロングインタビューのメインの質問としてどうなのか、とか、二〇一九年の掉尾《とうび》を飾る質問としてもどうなのか、とかには触れない。一言も触れない。今月は忙しいからね、オオキくんも僕も、年末の、毎年恒例のＳＳＧＴの準備で。にしてもさ、ＳＳＧＴって、何の説明もしないで書いちゃっていいのか。オオキくんのメールの「追記」を読んで、ＳＳＧＴ？　って僕も首を傾げたくらいなんだよ。そいで面倒くさいけど一年前のメール読み返してね、やっと意味がわかったんだよ。僕がわからないくらいだからほかの誰にもわからないと思うよ。校正のひとだって面食らうだろう。註をいれといたほうがよくないか？　このページの最後のとこに。

では、今年も十二月三十日、佐世保競輪場で待っている。

＊註

▼**SSGT**……「正午さんと・佐世保で・グランプリを・戦う」の略称。毎年十二月三十日の恒例行事について、あまり競輪競輪と連呼していたら、職場で後ろ指さされそうな編集者が二〇一九年一月、作家との符牒（ふちょう）の意味も込めて命名した。

▼**どんぐり先生**……「佐藤正午公式ホームページ」の掲示板で使われた、作家・盛田隆二さんへの呼称。当時（二〇〇二年）、編集者から盛田さんのモンゴル取材旅行の話を聞いた正午さんが「ドングリの取材」と聞き間違えたのが、ネーミングの由来。

III

報告

件名：苗字と下の名前とそれから

222
オオキ
2020/01/13
02:31

２０２０年……てことは、40年経《た》ってるわけか、デビュー前の作家が初めて競輪場に足を踏み入れてから。……だよな、やっぱそれくらいキャリアがないとダメだ、20年くらいじゃハナたれ、……だってふつう買うか？　３連単４１０番人気の超大穴とか？　買わねぇし買えねぇよ。たとえケントク買いでも、いやケントク買いだからこそか？　何だよあの芸当は？　勝負勘？　遊び心を忘れないゾみたいな余裕？　あれが長年かけて培ったフォーム、持ってる男のなせる業《わざ》ってやつか——。

そんな自問自答を、あれからオオキはくり返しています。年が明けて近所の神社でひいたおみくじは小吉でした。もうやめてください、マエダくんも当たったらしいよ、とか言うのは。

さっさと質問にうつります。

年頭にふさわしい質問ではないかもしれません。年をまたいでの話題、人に対する呼称についてです。

正午さん、小説を書くときはどうなんでしょう？

小説の地の文で、登場人物たちの名前をそれぞれ何て呼ぶ（書く）のか、どんなふうに決めているんでしょうか？　語り手を介している一人称の小説だと話がややこしくなりそうなんで、三人称で書かれた『月の満ち欠け』を例にあげます。

たとえば主人公の小山内堅を、正午さんは終始「小山内は〜」といった感じで、苗字だけで地の文に書いてますよね。どういうわけか、決して「堅は」と下の名前では書いていない。かと思えば、小山内梢という登場人物では「梢は」と下の名前だけで書いていたり、「妻は」と書き分けていたりもする。

コレどうしてなんですか？　いや、読んでいてすごく自然なんですけど、二人が夫婦だからスかね？

『月の満ち欠け』には、ほかにも呼称のバリエーションがあって、たとえば正木瑠璃に対しては、「瑠璃さんは」と下の名前にさん付けで書いている。三角哲彦には「三角は」と苗字だけのときもあれば、たまに「三角哲彦は」とフルネームを使ってる場面もある。

苗字だったり、下の名前だったり、さん付けだったり、時にはフルネームだったりと、正午さんは地の文で登場人物それぞれにいろいろな呼び方を採用してます。そこには作中での場面や個々のキャラクター、それから前後の文脈などに応じて、といった理屈もあるのかもしれませんけど、書く現場では、長年培った勘みたいなもので結構すんなり、初対面の盛田隆二さんに「どんぐり先生！」と呼びかけちゃうくらい自然に、（たとえば）「瑠璃さん」とか地の文に書けるものなんでしょうか？　それともアレですか？　こういった登場人物の呼称をひとつひとつ検討することもまた「収穫した林檎《りんご》をみがいてみがいてなおみがき足りないような、神経質で潔癖性で臆病な書き仕事」（『小説の読み書き』岩波新書より）の一端なんでしょうか？

実を言えば、このメール冒頭に書いた「デビュー前の作家が」の部分で、オオキは少し悩みました（小説じゃないスけどね）。当時はペンネームもない頃だと思って「正午さんが」を消し、そのあと「佐藤青年が」「24歳のフリーターが」などと書いては消しました。正午さんだったら、何て書きますか？

それから、登場人物への呼称に関連して最後にもうひとつ。地の文で女性の登場人物が苗字だけで書かれることって、少ないと思いませんか？　正午さんの作品に限った話じゃなくて、小説全般に。コレどうしてなんですかね？

追記。おそろしいことに、ＫＥＩＲＩＮグランプリ２０２０の特設サイトがもうオープンしてるんスよ、正午さん、やる気まんまんスよ湘南バンク。「発走まであと○○○日」の表示を見ると落ち着かないんで、オオキはしばらく近寄りません。

223
佐藤
2020/01/23
12:38

件名：年賀状

年の暮れに、あるひとから泣き言を聞かされてね、電話と、手紙で。グランプリ前にぐずぐず長びくのは縁起でもないから、頼まれた用事は事務的に迅速に処理して、親身に話相手にもならず手紙もざっと読みとばしてたんだけど、年が明けてから届いた礼状にひとつ引っかかる言い草があって、そのひとは、昔は何百枚もの年賀状を出したり貰ったりしてたんだって。でも近年は二十枚くらいになってしまった、その枚数が自分の落魄《らくはく》ぶりを象徴している、と言うんだ。元日に届く年賀状が二十枚くらいに減ってしまい、わたしもすっかり落ちぶれてしまいました、と。

　で、さっきね、そのことを思い出して、今年僕あてに届いた年賀状がどのくらいあるのか試しに、枚数を数えてみた。

　毎年、届いた年賀状を重ねた厚みはだいたい同じだし、まあこのくらいかなあ、とは見当をつけていたんだけど、これまでは本気で数えたことがなかったからさ。数える意欲もわかなかったし。でも今年はね、きっちり一枚一枚数えてみた。そしたら全部で十三枚だった。オオキくんから遅れて届いた葉書も数に入れて、全部で十三枚。

内訳は、行きつけの床屋の主人から、バーのマスターから、高校時代の旧友から、昔の掲示板の書き込み仲間から、それで四枚。残り九枚はオオキくんのもふくめ、九枚とも編集者から。いつもの年ならこれに、大学時代の友人で「佐藤正午公式ホームページ」の管理人でもあったrainさんてひとのも加わるんだけど、昨年お父様が亡くなられて「喪中のため」今年は来なかった。でも去年は来たんだよ。おととしも来た。毎年来る。例年なら、僕あてに届く年賀状の数は十四枚なんだね。

日本じゅうで十四人のひとが毎年毎年、僕に年賀状を書いてくれる。毎年毎年、僕は誰にも書かないのに。十四て、これはそういう意味の数なんだね。そういう意味って、どういうか、つまり、相手にお返しを求めない奇特なひとの数なんだろうね。またはただの年賀状好きか？　どっちにしても、僕が返事書かないって知ってても毎年送ってくるひとが十四人いる。まことに有り難い数だよ。

お返しを求めるひとは、僕が書かないのを知ると、翌年から送ってこなくなる。当然そうなると思う。そういうひとを責めるわけじゃなくて、もちろん責める資格なんかあるわけなくて、それでいいんだよ。年賀状を送ってくれても送ってくれなくても、僕はぜんぜんかまわない。今年は誰と誰から年賀状が届いたかなんていつまでも憶えてるわけじゃないしさ、年賀状の返事を書かなかったから以後そのひととのつきあいがぱったり途絶えるとか、そんなこともないと思う。……いや、あるか？　そっちはあるか？　あるかもしれないが、僕がぼんやりで気づいてないだけか。でもぱったり音信途絶えても気づかないくらいのつきあいだとしたら、あってもなくてもおなじことだよね、というべきか。

年賀状来ても来なくても影響なしの一例を、意外なところであげるとね、小学館のすぐ近所の出版社のサカモトくん、彼、年賀状くれないんだよ。今年も、去年もおとしも……どころか一度も、くれたことないんだよ。意外でしょう？　一九九九年に佐世保で初めて会って以来、仕事のつきあいはずっと続いてるのに、この二十年間、一度も、彼から年賀状貰ったおぼえがないんだ。

ひょっとしたら、サカモトくんも年賀状は誰にも書かないのかも？　とも思ったりするけど、でも彼は僕とちがって出版社の社員だからね、編集者といっても会社員だから、上司や同僚との付き合いだってあるし、やっぱりあるていどの枚数、書くのは書いてるんじゃないかな。書かないわけにいかないでしょう。書くでしょう年賀状くらい。でも僕にはくれないんだよ、なぜか。

なぜ僕にくれないのかは訊いたことないからわからない。自分があげないのに他人になぜくれないいんだとか訊きにくいしね、ぜひとも解き明かしたい謎でもないし。ただ単に、佐藤正午に年賀状なんて、出すだけムダだと考えてるのかもしれない。なぜそう考えてるのかは、それも本人に訊いてみないとわからないけどさ、ま、何にしても、年賀状をくれない担当編集者と僕は二十年も一緒に仕事をしてるんだよ。だから結局、年賀状の来る来ないと、つきあいのあるなし、深い浅いはとくに関係がない、そういうことなんだ、さっきから僕が言いたいのは。

あ、そうか、いまふと思いついた、オオキくんに訊いてみればいいんだ。オオキくんとこには毎年来てるか？　ご近所づきあいでサカモトくんから年賀状来てるか？

というような書き出しでいこう。

と思って、じつは年の初めから用意してたんだよ。

オオキくんが質問メール送ってくる前からね。

二〇二〇年最初の返信はタイトルを「年賀状」にして、だいたいこんなふうに書き出そうと決めてた。だってどうせ質問らしい質問も来ないだろうからさ、ここんとこずっとそうだったから、正午さんすこし太りました？　とか、正午さんはなんでみんなから正午さんて呼ばれてるんですか？　とかね。今年もそんな感じでゆるく始まるんだろうと高くくってた。

そしたらば、なんとね——そしたらばの「ば」はエン字じゃなくて、そしたらを強調してるつもりなんだけど——オオキくん、新年早々、なかなかの質問じゃん、SSGTで会ったときもそんなこと一言も言ってなかったのに、ワッキーの先行に新田がとびつくのかあ……清水じゃねえのかあ……みたいな話しかしてなかったのに、油断するだけ油断させといて、年またいだとたん、初回からなかなかの質問投げてきてくれるじゃん。


小説の地の文で、登場人物たちの名前をそれぞれ何て呼ぶ（書く）のか、どんなふうに決めているんでしょうか？


そんなこと訊くか？　正月から。

正午さんすこし太りました？　から、正午さんはなんでみんなから正午さんて呼ばれてるんですか？　に行って、そこから小説の地の文に飛ぶか？

訊かれたほうが戸惑うわ。こんなのすぐには対応できないわ。こっちはまえもって返信メールの書き出し用意してたわけだし、それで安心しきって、まだ正月気分抜けきらないし。ほんと質問見てタマげたわ。嫌がらせかと思ったわ、ケントク買いでグランプリ当てた人間への。ガチ予想ではずした人間からの。

グランプリの話はもうやめとくけどさ、気の毒だから。でも「ケントク買い」にはやっぱり註をつけといたほうがよくないか？

でね、小説の地の文の話、オオキくんの質問は「三人称で書かれた小説」に限定しての、登場人物に関してだね。


地の文で女性の登場人物が苗字だけで書かれることって、少ないと思いませんか？


そうだね。

あんまり力のこもらない回答だけどさ、そうだね、これは僕もそう思うよ。けど「コレどうしてなんですかね？」と続けて訊かれても、僕にはわからない。考えるのも面倒くさいし、考えてもうまく答えられそうにない。

ただオオキくんがここで「女性の登場人物が苗字だけで書かれること」が「まったくない」じゃなくて「少ない」という表現を使うのは、そういう小説、地の文で女性の登場人物が苗字だけで書かれている（呼ばれている）小説もなかにはあるってことでしょう。

少ないけれど、ないわけじゃない。

ね？
たぶんオオキくんの頭にはひとつふたつ具体例が浮かんでるんだろう。それは何という小説なの。

たとえば？

☞

たとえばそれが誰の何という小説であるかは次回のメールで教えてもらうことにして、僕の頭にはいま、一作だけ、具体例が浮かんでいる。

去年刊行されて、読んでとても面白かった小説でね、じつはオオキくんに今回の質問をされる前に、つまり去年その小説を読んだ時点で、気づくのは気づいてた。これが「地の文で女性の登場人物が苗字だけで書かれている小説」だということ。そしてもちろんそのような書かれ方の小説が珍しいということ。

それで小説の面白さとは別に、印象に残ってたんだ。印象には残ってたんだけど、そのとき同時に生じていたはずの疑問はほったらかしにしてた。それは、なぜ？ という疑問だね。今回オオキくんが投げてきた質問と同じだよ。なぜそのような書かれ方の小説は少ないのか？

この小説のストーリーは浜野と、梶と、倉地という三人の同い年の登場人物を中心に進んでいく。彼らが十代の若者の頃から三十代後半に入るまでのけっこう長い年月の出来事が描かれる。が、いまはとりあえずそんなことは重要じゃないね。この主要登場人物の三人のうち、浜野と梶は男性で、倉地は女性なんだ。でも小説中、三人とも苗字で呼ばれる。地の文はこう書かれる。

そんなときに倉地《くらち》が来たのだ。
おれたちの時代だと梶が宣言してから約ひと月後、二〇〇六年六月半ばの、よく晴れた土曜日のことだった。高堂側の人間で初めて倉地に会ったのは間違いなく浜野だった。

（古谷田奈月『神前酔狂宴』河出書房新社）

ここだけ読んでも何のことかわからないだろうけど、わからないままでいいよ。僕はこの小説のあらすじを紹介するつもりなどなくて、ただオオキくんに、この小説ではこの引用箇所にかぎらずどの場面でも女性が苗字で呼ばれている、地の文で、呼び捨てにされている事実を伝えたいだけだから。

正確にいえば、この小説では、女性も男性も区別なく、地の文で呼び捨てにされている。新田、汐見、西崎、望月、岸下、入江、宮嶋と登場人物は何人もいるけど全員

（小説の後半にひとりだけいる例外を除いて全員）苗字で呼ばれる。だから誰が男性で誰が女性なのか字面《じづら》を見るかぎりではわからない。僕も去年一回読んだきりだし、あとはいま、これを書くためにぱらぱらページをめくって目にとまった苗字を書き出してみただけなので、すぐには区別はつかない。当然だね。でもそれは登場人物の性別が曖昧でわかりにくいとか、この場面で何が起きているのか読み解くのが難しいとか、そういう意味では決してなくて、さっきも言ったように、この小説は面白いんだよ。それは去年読んだときの記憶からまちがいない。読めばわかるんだ。地の文で浜野と呼ばれ、倉地と呼ばれる、そこに男女の区別はないけれど、浜野が男性で倉地が女性であることは小説を読めばわかる。

　そんなときに倉地が来たのだ。

と倉地の登場が告げられる。この一文だけでは性別も何もわからない。その後に書かれる文章を読めばわかる。わかるように書かれている。というか、わかるように書かれるのが小説だろう。いや、わかるように書かれなくてもわかるのが小説だろう。

　そんなときに倉地という女性が来たのだ。

とか、いちいち書く必要などなくて、登場人物が男性か女性かくらい、ふつう小説を読めばわかるだろう。登場人物が地の文でどう呼ばれようと、ページをめくるごとにその人物について読者はくわしくなっていく、それが小説を読むということだろう。

じゃあなぜ？　ということになる。

じゃあなぜ、ほかの小説家、たとえば僕みたいな小説家は、この小説の作者みたいな書き方を採らないんだろう？　地の文で、女性を、苗字で呼び捨てにする書き方をしないいんだろう？　もしくは女性男性の区別なく、地の文で、苗字で呼び捨てにする書き方をしないいんだろう？

そういう疑問が出てくる。

でも面倒くさい。

今月はまだ正月気分だしね。その疑問はいまは、そんなのわからないよ、と答えたままほっておく。

で来月、オオキくんが、ほかにもこれがありますよ、と「三人称で書かれた小説」の「地の文で、女性が苗字で呼び捨てにされている小説」の具体例をひとつふたつ教えてくれたら、それを僕も読んで、またあらためて考えてみよう。そうするとほら、違う方向からアプローチが可能かもしれないでしょう。だいたい自分がなぜそうするのかって自分で考えても答えの出ないことが多いからさ。なぜ僕は小説の地の文で女性を苗字で呼び捨てにする書き方をしないんだろう？　ではなくて、なぜそのひとたちはそういう書き方をするんだろう？　そのひとたちはいつもそういう書き方をしてるんだろうか？　それともその小説にかぎり、の試みなんだろうか？　とかね、考え様があるかもしれないでしょう。

ま、考え様なんてないかもしれないけど。いま自分で書いといて何だけど、そのひとたちって、そんな、小説家の中にひとくくりにできる一派があるわけないし、聞いたことないし、それに、小説の地の文でたとえ登場人物が苗字で呼ばれようと下の名前で呼ばれようと、その小説が面白く読めれば僕たち読者はそれでいいんじゃないか？　みたいな結論に落ち着くような気もするんだけどさ。でももしオオキくんが気になるのなら、この話題は来月まで持ち越してみよう。

ね？

じゃあ、そういうことで。

今年もよろしく。

＊註

▼ケントク買い……当該レースとは直接関係ない要素から類推した数字を組み合わせて車券を買う手法。出走する選手の実力や調子などは考慮せず、たとえば、記念日やラッキーナンバー、出目（過去のレースで出現した車番の組み合わせ）といった数字だけを頼りに買い目を決める。正午さんはよくこれをやる。

224
オオキ
2020/02/13
02:16

件名：自由であるべきだ！

なにも普段からそんなことだけ考えて小説を読んでるわけじゃないし、「三人称で書かれた小説」の「地の文で、女性が苗字で呼び捨てにされている小説」の統計をとった上で、前回「少ない」と書いたわけでもなかったんです。グーグルで検索してもわかりませんからね。そんなふうに書かれている小説って、あまり見ないなぁ、くらいのぼんやりとした実感から、結構おっかなびっくり「少ない」と書いたんです。まぁ、「ない」はずはないだろう、くらいのノリで。だから、そのときは、「ひとつふたつ具体例が浮かんで」もいませんでした。

で、どうしますか？

正午さんが先月「面白い」と連呼していた『神前酔狂宴』を、やはり面白く読んだあと、自宅の本棚で「具体例」を探しまくったいまなら、「『ジューシー』ってなんですか？」（山崎ナオコーラ／集英社文庫）、『エヴリシング・フロウズ』（津村記久子／文春文庫）、『愛なき世界』（三浦しをん／中央公論新社）、『平場の月』（朝倉かすみ／

光文社）……といくつも列挙できますけど、どれも面白い作品なんですけど、正午さん、読んでる時間ありますか？　時期も時期じゃないスか、確定申告の。

『神前酔狂宴』を読んだり、「具体例」を探しあててぱらぱらと再読しながらあらためて思ったのは、地の文で登場人物が苗字で書かれているのと、下の名前で書かれているのとでは、読んだときの印象がだいぶちがうということでした。

たとえば、三人称で書かれた小説に、東根ユミと佐藤正子という女性が描かれていたとして（「正子」の読みは「まさこ」でも「しょうこ」でもいいですけど）、極端な例文をふたつ。

東根は佐藤にメールを送った。

ユミは正子にメールを送った。

どうでしょう？　性別とか抜きにしても、オオキにはふたりの関係や距離感までも、まったくちがう感じに読めます（コレ、正午さんに言うまでもないことは百も承知してますが、佐藤正子というネーミングが、ぱっと見「正午」にも見えて気に入ってるんで許してください）。

それから、『神前酔狂宴』と「具体例」に挙げた作品群には、ちょっとした特徴も見られました。普段の生活でも男女問わず苗字で呼び合うことが多い環境、具体的には職場や学校ですが、そういう環境が物語の主な舞台になっていたり、登場人物たちの背景に設定されていました。もちろんこれは、たまたまかもしれません。ちがう設定の小説でも、地の文で女性の登場人物を苗字で呼んでいる作品は「ない」はずないだろう、と思います。

誤解のないように書いておきますと、小説の地の文では女性の登場人物を苗字で書くのが正しいだとか、いや下の名前で書いたほうが正統派だとか、そういうことを言いたいわけではありません。正午さん、そんな決まり、ないっスよね？　もし「小説の書き方」なるものがあるとして、それをオオキが強いて言葉にするなら、どこまでも自由であるべきだ！　です。

（はい、暴走気味ですが、今回はこのまま突っ走ります）

ただ、その「書き方」に、結果として、いろいろな傾向がもたらされていることも、読書家の作者たちはおそらく気づいてるわけですよね。読書家じゃない作者がどこにいるのか知りませんけど、オオキでさえ傾向のひとつに気づいたくらいですから。書く現場では、これってある意味、不自由なことではないでしょうか？　もっと自由に、欲をいえばもっと自在に書きたいのに、結果として、どこかで読んだような「書き方」になっていないかコレ？　みたいな、知らないうちになにかに縛られている状態になってることもあるんじゃないですか？

どんな「書き方」だろうと、「その小説が面白く読めれば僕たち読者はそれでいいんじゃないか？」は、作家生活35年の悟りのようにも聞こえましたが、正午さん、小説家は他人が書いた作品からどこまで自由でいられるものなんでしょうか？

225
佐藤
2020/02/21
12:30

件名：自由？

じゃあ読みます。教えてくれた小説ぜんぶ読んでみる。

小説読む時間ならいくらでもあるからさ。

いや、いくらでもっていうほどヒマではないけど、競輪のネット投票やる時間と、ＹｏｕＴｕｂｅの動画見る時間を削ればいいだけだから、本読むときはいつもそうやって読んでるから、読むよ。確定申告は今月じゃなくて来月で間に合うし。

ただ、読むのは読んでも、読んだあとの心配がひとつあって、それは、教えてくれた小説がさ、どれも面白い作品だってオオキくんは言うけど、オオキくんと僕の評価、というか小説の好みはいささか違うだろうし、僕が読んでもどれも面白いとは限らないんじゃないか？　そりゃどれも名うての小説家が書いた作品だから面白いはずだけどさ、面白いに決まってるけど、万が一、万が一だよ、こっちの都合でどれかがつまんなかったとして、その場合、僕はどうすればいいんだろう？

沈黙の手があるよね。それぞれの三人称小説において「地の文で女性が苗字で呼び捨てにされている」こと、そこだけ観察して言及して、小説が面白いかつまらないかには触れないでおく手があるよね。でもその手は使えないと思うんだ。

なぜかっていうと、前回のメールで『神前酔狂宴』が面白いって書いちゃったからだね。あとさき考えずに。

いま思えば軽卒だったかもね。正月気分抜けてなかったしね。つまり『神前酔狂宴』については、

1　三人称で書かれた小説で、

2　地の文で女性が苗字で呼び捨てにされていて、そしてそういうこととは別に、

3　面白い小説だ、

と書いておいてさ、こんどほかの小説家の小説を取りあげたときに、1と2の共通項にだけ触れて、あと沈黙ってわけにいかないでしょう？　あ、このひと、『神前酔狂宴』のときは面白い小説だとか言ってたのに、こんどは一言も言わないな、なぜか

な、そうか、きっとつまんなかったんだな、って簡単な推理でしょう？　バレバレでしょう？　そういうのまずいでしょう。

　だから沈黙の手は使えない。

　でぃする、って漢字に変換できない日本語の動詞があるけど、ここでの沈黙は、他人が書いた小説をでぃする、ひいてはその小説を書いた小説家をでぃする、のと同じ意味になる。無言の空気で相手を貶《おとし》める。陰険だね。かといって沈黙しないでバカ正直に、つまらない、とか書いてしまえばそれはそれで喧嘩売ってることになりかねない。は？　おまえ、どの口で他人の小説でぃすってんの？　みたいな反発を買う。

　じゃあどうすればいいか。

　打開策を考えてみた。こうしよう。

　やっぱり沈黙の手は使う。ただし、オオキくんが教えてくれた小説を読む前に、ここであらかじめゴチック体で断り書きを入れて合意事項を作っておく。

　これから読んでいく小説はどれも面白いに違いない。面白いに決まっている。それは言うまでもない。言うまでもないのなら何も言わない。

　読んだ小説がどれだけ面白くても、面白いとは言わない。涙ながして笑いころげても感動に打ち震えても、そういうことには一切触れない。万が一、読んだ小説がつまらなくても、もちろんつまらないとは言わない。面白くても、つまらなくても、平等に何も言わない。口がさけても言わない。ただその小説が三人称で書かれていること、しかも地の文で女性が苗字で呼び捨てにされていること、その二点にのみ注意を傾けて読んで、そして言うべきことがあれば何か言う。僕はあくまで事実を指摘するだけ、淡々と。

したがって読んだ小説を僕がどう評価したかは、読者にはどうにもこうにも推理できない。

ね？

そういうことにしよう。

☞

ではそういうことにして、さっそくオオキくんが教えてくれた小説を入手するところから始めよう。

すでに手配は済んでいる。

でもまだ手もとに届かない。

どの著者も聞きなじみのある名前だし、昔一回読んだような気もするから、さっき本棚の前に立ってざっと探してみたんだけど、それらの著者の別の作品はぽつぽつ見つかってもオオキくん推薦の本は出てこなかった。途中で面倒になって買うことに決めた。でも手もとに届くまでには時間がかかる。

どのくらいかかるかわからない。それまでの空き時間、だまって待ってるのも退屈だから、何かしらいまできることをやろう、競輪のネット投票でもいいし、YouTubeの動画見てもいいいんだけど、ここは本を読もう。オオキくんも読んで面白かったという『神前酔狂宴』をもう一回読んでみよう。去年読んだ小説をもう一回読んで、そこに書かれている事実を――地の文で女性が苗字で呼び捨てにされている事実を――再度確認しておこう。

で確認した事実をもとに、この小説と、オオキくん推薦のほかの小説とを読みくらべてみよう。読みくらべるといったって、さっき断ったように（僕個人の下す）小説の評価の反映した読みくらべではなくてね、（誰の目にも明らかかな）地の文で女性が苗字で呼び捨てにされている、という書き方に着目した場合の（そこにのみ着目した場合の）読みくらべだね、そのとき何か新しい事実が見出せるのか、見出せないのか、この小説を基準に見ていくことにしよう。

じゃあそういうことで、ぼちぼちやっていこうか。

まずは『神前酔狂宴』の再読から。

☞

この小説の登場人物は、前回も言ったとおり、女性も男性も区別なく、地の文で、苗字で呼び捨てにされている。全員だよ。ほぼ全員。

まあ例外は、再読してみると、四人いるんだけどね。

厳密には、この小説の地の文でフルネームで呼ばれる人物は、高堂伊太郎、椚萬蔵、シャイニー・プーリー、松本千帆子と四人いることはいる。けどこのうち高堂伊太郎と椚萬蔵は明治時代に手柄をたてた軍人で、生きてこの小説で活躍するわけではないから登場人物とはいえない。またシャイニー・プーリーというのは、結婚披露宴に余興で呼ばれたのに道に迷ってしまうマジシャンの芸名で、小説前半にちらっと出てくるだけ、ほんの二ページぶんくらい。だからこの三人は例外のカウントに加えなくていいと思う。

唯一の例外、松本千帆子は小説終盤に登場し、高堂伊太郎由来の高堂神社で結婚式を挙げ、神社に併設された高堂会館で披露宴をする。高堂神社、高堂会館にとってはお客さんの立場だね。一方、彼女をお客さんとして迎える側、なかでも披露宴会場で働くスタッフたち（前回のメールで触れた浜野や梶や倉地といった面々）がこの小説全編を通して活躍する登場人物になる。

で、松本千帆子を除いたそれら登場人物は全員、つまり小説のおもな登場人物たちは全員、年齢性別関係なく苗字で呼び捨てにされる。ほぼ全員、じゃなくて、全員だよ。

たとえばこんなふうに書かれる。

A「本日は誠におめでとうございます」彼らの正面に立った会場責任者《キャプテン》の入江《いりえ》がそう挨拶するのに合わせ、浜野と梶も頭を下げる。わたくしお二人のご披露宴を担当させていただきます、入江と申します、と続けるキャプテンの制服が、新郎新婦の輝く衣装に相反する真っ黒のタキシードであることが浜野には妙にしっくりくる。（P5）

B　だからこそ梶は、一撃必殺の技としてその数を持ち出したのだった。「そっち何名だ？」と聞かれて八三、六一、とぼそぼそ答えた千重波の西崎《にしざき》と朝凪の本間《ほんま》に、「一四五」と海神の梶は自信たっぷりに差を見せつけた。ちゃんと話し合おうと抗議する水鞠の岸下《きしもと》のことも、「黙れ、一二二」とねじ伏せた。（P26）

C　賄いの天丼を食べていた水鞠の岸下が、箸《はし》の先を見つめながら呟いた。「治外法権」（P42）

Aはキャプテンの入江、Bは水鞠の間（という名の披露宴会場）を担当するスタッフの岸下、それぞれが最初に登場する場面。そしてCは岸下の二度目の登場場面。なぜこの三カ所引用したかというと、オオキくんは小説全体を読んでるからもちろんわかってると思うけど、ここに出てくる入江と岸下は女性なんだね。でもここを読んだだけでは女性だか男性だかわからない。誰が読んでも性別は読み取れないと思う。入江については、最初の登場から一〇〇ページほど読み進んだところで、「披露宴での主役は新婦で新郎は添え物である」という入江の考えが語られていて、そのちょっと先に、

入江はもちろん同性びいきでそんなふうに言うのではなかった。（P111）

とあるのを読んだところで女性だとわかる。その後も制服を着たままで男性スタッフとセックスをするとか、中学生になる息子の母親であるとか、入江が女性だという情報を読者は受け取ることができる。ただ最初の登場場面からしばらくはわからないんだ。

これが岸下の場合、最初の登場場面でも二度目の登場場面でもわからず、数十ページ先へ行ったところで、第三者の発言の中で、岸下のことが、

「……彼女はちょっと気が弱いところがあるけど、賢いし、責任感もあるから」
（P88）

と語られていて、それで岸下は女性なんだなと見当がつく。けどその後は、性別に関わる情報は何も出てこない。小説の後半、披露宴会場の外のテラスで、箒《ほうき》を持った岸下と、この小説の主人公である浜野との、二人きりのやりとりが何ページかにわたって書かれているのだが、そこでも、地の文で岸下は岸下と呼ばれるだけで、女性であることは明示されていない。このテラスの場面で岸下は、僕の読むかぎりでは、地の文でも、会話の中の話し言葉を見ても性別不明、というか不問の書き方がされている。もし小説の前半で岸下が「彼女」と呼ばれるのを聞き逃した読者がいたら、ここでの岸下と浜野は同性どうし話をしていると読み取ってもおかしくない、そういう書き方がされている。

☞

再読してあらためて思ったのは、この小説は二度読んでも面白いという読者としての☆付け評価のほかに、同業者として、やっぱり僕にはこういう書き方はできないかもな？　という感想だった。こういう書き方って、第一に、登場人物を性別に関係なく苗字で呼び捨てにする書き方、それから、最初の登場のときに性別を明かさず保留しておく書き方、あと、その後もとくに性別を明示・強調しない書き方、なんなら最後まで性別不問のまま通すといってもいいような書き方のことだね。

それでね、なぜ僕にはそういう書き方ができないかも？　と弱気に思ってしまうのか、その理由を二つ、僕の性格の問題と、小説家としての技量の問題から考えてみたんだけど、ここまでがだいぶ長くなったし、その話は後回しにしよう。来月以降の流れで、その話に触れるべきときが来たら触れる、ということにしておこう。

ひとに頼んでおいた本がいま一冊手もとに届いたから、今月はここまでにして、とにかく読んでみるよ。残りの本もね、手に入ったら順次読んでみる。『神前酔狂宴』と読みくらべて、来月、またメールで報告する。読んだ小説に☆を付ける、のではなくてね、読んだ小説の感想を述べる、のでもなくて、なんて言えばいいか、こう言うしかないと思うけど、小説を読んで見えた事実を報告する。

でもそうなると、オオキくんのほうは来月メールに何を書いていいか困るかもしれない。何を書こうと、僕からの返信は「小説を読んだ報告文」と決まってるわけだしね。書きにくいよね。書く前から徒労感あるよね。

だからそこはこうしよう。

実は今月オオキくんが書いてきたメールの末尾にある質問、
正午さん、小説家は他人が書いた作品からどこまで自由でいられるものなんでしょうか？
この質問の意味が僕にはよくつかめないんだ。これ僕に何が訊きたいの？ できればもう少し噛《か》み砕いて、やさしい言葉で訊き直してもらえないか、来月もういっぺん。
あとさ、先月僕から投げた質問、サカモトくんから毎年年賀状来てるか？ って質問をオオキくん、しれっとスルーしてるよね。それもなんか感じ悪いからちゃんと答えてほしい。

226
オオキ
2020/03/13
08:13

件名：自由形

サカモトさんから年賀状が届いているかどうか、答えるんスか？ もう桜の開花予想とか出まわってるこの時期に？

先月のメールでスルーした意図を察してくださいよ。

考えなしにスルーしたわけじゃないんですから。

仮にオオキが、毎年来てますと答えたとしますよね。するとどうなるのか？「年賀状の来る来ないと、つきあいのあるなし、深い浅いはとくに関係がない」とか結論づけておきながら、どうして僕んとこには送ってくれないんだろう冷たいなーサカモトくん、みたいな可愛いこと言いますよね、正午さんは。まあ、たまに可愛いこと言うのは正午さんの性格ですし、たかだか年賀状くらいで20年来のご関係がどうなるわけでもないことは、よくわかってるんですけど、わかってるからこそ、おふたりの年賀状事情にずけずけ割って入るのは、気がひけるんです、これはオオキの性格的に。

じゃあ、仮にサカモトさんから年賀状もらってませんと答えたら？　オオキにとっては正午さんを担当する先輩編集者で、ご近所の社内では（正午さんもご存じのとおり）要職にもある方です。個人的にはＮＨＫの「プロフェッショナル」で特集されても驚かないくらいなんですけど、そんな方に自分の軽はずみな発言でなにか迷惑でもかけてしまったら、と思うんです。たかだか年賀状くらいでそんなことあり得ないって、みたいな無責任なこと言いますよね、正午さんは。わかりませんよ、こういうちょっとしたことから思わぬところで妙な誤解やすれ違いが生まれて、一見あり得ないと思えるようなことが現実に……そういう小説、オオキはよく読んでるんで。

いずれにしても、サカモトさんの言い分だってあるわけじゃないですか？　そうか、いっそこの連載にゲストで登場してもらって、お互いの年賀状事情について正午さんと率直な意見をかわしていただくっていうのはどうでしょうか？

もうひとつのお題、「小説家は他人が書いた作品からどこまで自由でいられるものなんでしょうか？」について。

こちらは考えなしでした。いや、小説の「書き方」について思いをめぐらせてはいたんでしょうけど、暴走気味な感情にまかせて書き急いだ悪文の典型ですね。反省しています。

頭のなかには、正午さんから以前うかがった言葉がありました。「三人称小説」や「視点」のルールに関して、「こうあるべき、と解説されているルールが、僕の小説を律することは不可能だと思える」とか「誰の小説に対しても適用可能なルールなど、はなから信用できない」といったくだりです（✉133）。

水泳の種目に自由形ってあるじゃないスか、選手たちがクロールで泳いで競うやつ。でも競技ルールでは、別にクロールじゃなくてもいいらしいんですね。どんな形でもアリだから「自由形」。平泳ぎでもバタフライでも背泳ぎでも、これまでだれも見たことないような新たな泳法でも、とにかく速く泳げるんだったらなんだっていいよ、という種目です。小説を書く現場は、この自由形と似ているところがあるんじゃないか、とオオキは想像するんです。

もちろん小説を書くことは、競泳とちがって、隣のレーンとなにかを競うものではないと思います。でも、隣のレーンでほかの作者がどんな泳ぎ方（書き方）をしているか、読書家の作者たちには見えてしまう。作中での登場人物の呼び方ひとつをとっても、その傾向が見えてしまう。

正午さんはこれまで「人と似ていないものを書こうとする考え方は、基本中の基本」（✉099）とする一方、「優れた小説に『似せたい』という二番煎じ願望もある」（✉125）とも言っています。

そのあたりの折り合いのつけ方を、訊きたかったんです――小説家は他人が書いた作品からどこまで自由でいられるものなんでしょうか？　正午さんが「こういう書き方はできないかもな？」と弱気に思ってしまうことにも関係していますかね？

「小説を読んだ報告文」をお待ちしています。

件名：報告1

✉227
佐藤
2020/03/23
12:03

まずはじめに年賀状の件、たしかに「もう桜の開花予想とか出まわってるこの時期に？」は言えてる、僕もそう思う、けど答えを引きのばしたのはオオキくんのほうだ、いまになってごにょごにょ言うくらいなら訊かれたときにさっと答えればよかったんだよ、一言ですむんだから。

来てますよ、か、来てませんよ、かのどっちかで。

来てますよ、の場合、僕のリアクションは、若干大げさに、え？　うそ！

とかになるだろうし、
来てませんよ、の場合は、
ああそうなんだ？

でおしまいだよ。

それっきり来年の正月まで年賀状のことなんか忘れるんだよ。そういうもんでしょ年賀状って。それをなんでまだごにょごにょ言うかなあ、桜の開花情報とか伝わってくるこの時期に。

じゃあ年賀状の件はいい。

二択で答えられるシンプルな質問なのに答えられないのならもういい。二択で答えられるシンプルな質問なのに答えられないと言い張るひとの相手するのは結構しんどいし。

かわりに今回のメールで気になったことをひとつ訊ねる。

「こういうちょっとしたことから思わぬところで妙な誤解やすれ違いが生まれて、一見あり得ないと思えるようなことが現実に……そういう小説、オオキはよく読んでるんで」

ここんとこだね。

これ、「オオキはよく読んでるんで」って、言外に、ジブンは正午さんと違ってよく読んでおりますので、みたいな含みのある口ぶりだよね。ホウ、と思わず声が出たよ、メール読んでて。だってそこまで強気に出るのはオオキくんにしては珍しくないか？　競輪の予想以外でって意味だけどさ、珍しいと思うんだ。よっぽど自信があるんだろう。

そこでまたシンプルな質問だけど、その「そういう小説」って具体的に誰の何て小説なの？　よく読んでるんで、と言えるのは、著者名やタイトルが頭に複数浮かんでるわけでしょう、たとえば誰と誰と誰の、何と何と何という小説なの？

興味あるし僕も読んでみたいから教えてくれないか。「三人称小説の地の文で女性が苗字で呼び捨てにされる小説」のときは、僕は自分で『神前酔狂宴』をすぐに思い浮かべられたけど、この「こういうちょっとしたことから思わぬところで妙な誤解やすれ違いが生まれて、一見あり得ないと思えるようなことが現実に……そういう小説」は、ぱっと思いつかない。

　ぱっと思いつかないのは、思いつく手がかりが複数あるようで実はひとつもないからだ。オオキくんの「そういう小説」の説明は手がかりなしと同じだと思うんだ。前みたいに「三人称小説」という手がかりがあれば、一人称小説や二人称小説と区別して選《よ》り分けられる。「地の文で女性が苗字で呼び捨てにされる小説」なら、フルネームで呼び捨てにされる小説や下の名前で呼び捨てにされる小説と選り分けられる。でも「ちょっとしたこと」とそうでないこと、「思わぬところ」とそうでないところ、「一見あり得ないと思えるようなこと」とあり得ると思えることを選り分けるのは、読むひとの裁量だろう。ひとによって選り分け方が変わるだろう。手がかりがないのと同じだ。で結局、「そういう小説」ってどういう小説なんだよとぶつぶつ言いたくなる。

　ね？

　いったいどういう小説を頭に浮かべてるの。

☞

　さて。

こっから小説を読んだ報告に入る。

いわゆる読書感想文、ではない、読書感想文みたいなもの、でもなくて、小説を読んで、そこに書かれている事実を見たまま報告する。「読書家の作者たちには見えてしまう」なんてオオキくんはほめ殺しっぽく書いてるけどさ、そういうのじゃなくて（そういうのがあるのか？　仮にあるとしても）、僕に見えるのは日本語の読めるひとなら誰にでも見える事実だよ。それを拾ってきて報告するという意味の報告文なんだ。とくだん胸張って報告するようなことではないし、おまけに、オオキくんが推薦してくれた小説四冊まだ全部読み終えていない。半分の二冊しか読んでいない。

まあ途中経過だね。

で二冊読み終えたところで言えるのは、どちらの小説も確かに地の文で女性が苗字で呼び捨てにされている、けれども、その二冊と『神前酔狂宴』を一緒にはできないんじゃないか、ということ。（念のため断っておくと、どの小説にも個性があって一緒になんかできるわけないんで、これはあくまで「地の文で女性が苗字で呼び捨てにされている小説」という点に着目した場合、その点にのみ着目した場合にもこれらを一括《ひとくく》りにはできないいんじゃないか、「地の文で女性が苗字で呼び捨てにされる小説」のグループを作るとしても、もう少し細かいグループ分けが必要じゃないか、同じグループに入れてしまうのは大雑把《おおざっぱ》すぎるんじゃないかということなんだ。……わかりにくいか？）

どういうことかというと、前回、『神前酔狂宴』を再読後に「同業者として、やっぱり僕にはこういう書き方はできないかもな？」と弱気に思ったわけなんだけど、その「こういう書き方」の説明として挙げた四点、

1　登場人物を性別に関係なく苗字で呼び捨てにする書き方
2　最初の登場のときに性別を明かさず保留しておく書き方
3　その後もとくに性別を明示・強調しない書き方
4　なんなら最後まで性別不問のまま書き通すといってもいい書き方

このうち共通しているのは1だけなんだよね。2と3と4は、今回読んだ二冊にはあてはまらないんだ。

それでね、僕はこう思った。

☜

ここからいったん報告を離れて寄り道になる。これも前回のメールに、僕にはなぜ「こういう書き方」ができないように思えてしまうのか、その理由を二つ、僕の性格の問題と、小説家としての技量の問題から考えてみた、と書いてたでしょう。それがどっちの理由も理由にならないんじゃないかと思えてきた。

性格の問題とは簡単にいえば、せっかち、ということなんだ。

　登場人物の名前とか性別とか年齢とか職業とか、何でもいいからとにかくさっさと決めて、急いでいま頭の中にある物語を語りはじめたい、一行目を書き出したらもう迷わずに先へ先へと書き進めたい。迷わずに先へ先へと書き進めるなんて不可能なんだけど、気持ちとして、そういう性急さが表に出て、短気に書いてしまって、書きながらもこれはちょっと違うかなとか思いつつも書き続けてしまって、あげく、冷静に考えたら引き返すしかないという袋小路に突き当たる。急がば回れ、の格言が身に染みる、みたいな、それがここで言うところの、せっかちだ。

　そういう性格だと「こういう書き方」は難しいんじゃないかと思ったんだね。だって早いことはっきりさせたいでしょう。登場人物は男性か女性かはっきりさせないと焦《じ》れったいし、はっきりさせたら、読むひとにも一刻も早くわかってもらって先へ進みたいでしょう。だからそういう性格の、僕みたいな小説家は、

　　そんなときに倉地が来たのだ。

とは書かずに、

そんなときに倉地という女性が来たのだ。

と書いてしまうんじゃないか。そんなふうに考えた。

もうひとつ、小説家としての技量の問題というのは、説明は不要かと思うけど、僕の技量が足りないから「こういう書き方」をしたくてもできないんじゃないのか？

ということ。小説全編、登場人物を苗字だけで呼び続けて、読者に、混乱を招かず性別（その他もろもろ）を読み取ってもらうのは結構工夫も根気も要る書き方だろうし、僕にはその工夫も根気も欠けてるんじゃないか。またはその工夫のために頭を使うのが億劫で最初から諦《あきら》めてるんじゃないか。そんなふうにも考えた。

でもそこまで弱気になることはないかもしれない。

オオキくん推薦の小説を二冊、とりあえず読んだところでまた考え直した。さっきから言ってる「こういう書き方」の1から4まで全部、ではないにしても、1「登場人物を性別に関係なく苗字で呼び捨てにする書き方」に話を絞れば、そこまでなら僕にもできるかもしれない。僕の性格がせっかちだとしても、小説家としての技量がいくらか劣っているのだとしても、そんなのは書けない言い訳にならないのかもしれない。だって男性の登場人物を苗字で呼び捨てにする書き方なら、以前から独学でマスターしてるわけで、あとはそれを応用して、女性の登場人物も苗字で呼び捨てにすればいいだけの話だろう。

たとえばこんなふうに書けばそれでいいんじゃないのか？

こんなふうに、というのは今回読んだ小説二冊がそうであるようにの意味で、つまりここからは見えた事実の報告になる。

A　それから十分ほどして、岸《きし》が出社してきた。薄ピンクのカーディガンにジーンズという格好。黒い髪を適当なおだんごにまとめ、化粧はほとんどしていない。

（山崎ナオコーラ「『ジューシー』ってなんですか？」集英社文庫　P14）

B　岸は、この班の唯一の女性メンバーであったが、「今日、新しい女性が入社して、夕日テレビ班へ配属になる」と告知があったので、今日から女性は二人に増えるはずだ。

（同　P15）

引用Aは、この小説の地の文で常に岸と苗字で呼び捨てにされる女性がはじめて登場する場面。一行目では性別不明。僕なら「岸という女性が出社してきた」と書いてしまうかもしれないが、作者はそこまでせっかちではない。ただ次の行に書かれた服装とヘアスタイルで女性だなとほぼ見当がつく。で、それからほんの十行ほどあとにBが来る。これで決定的になる。なにしろ「この班の唯一の女性メンバー」なのだから、岸は女性である。これで僕なんかは安心できる。しかも「今日、新しい女性が入社して」と親切なので、もうひとり女性が出てくるんだなと心構えもできる。あとはもう、彼女が地の文で呼び捨てにされようと、会話の中で「岸さん」と呼ばれようと違和感なくすんなり受けとめられる。

C　廊下の端と端に座り込んでげらげら笑っている男たちを避けながら、三組の教室に、首筋の半分ぐらいで髪を切り揃えたかなり背の高い女と、後ろで髪を一つに結《ゆ》わえている中ぐらいに背の高い女が入っていくのが見える。ヒロシは一瞬で彼女たちが誰だか判別できる。野末義美《のすえよしみ》と大土居紗和《おおどいさわ》だった。

（津村記久子『エヴリシング・フロウズ』文春文庫　P13）

Cの場合は問答無用だろう。

顔が見えるまえから「女」と断ってある。そのあとで彼女たちのフルネームを読者に教えている。そして一回フルネームでの紹介がすむと、そこからさき彼女たちは、小説の地の文ではおしまいまで一貫して、野末、大土居、と苗字で呼び捨てにされる。最初に出てきたとき「女」と言われているのだから苗字の呼び捨てに違和感はない。違和感などあろうはずもない。

これならいける。こうやってお手本を示してもらえば、僕にも書けそうな気がする。ていうか、すでに昔書いた気さえしてくる。要は小説のはじまりに、登場人物の性別を強く押し出しておいて、それがすんだら、あとは男も女も一律に苗字で呼び捨てにする。作者に迷いはない。読者も迷わない。

これらの方法に学べば、箇条書きにした「こういう書き方」の1が解決することになる。たぶん解決するだろう。すると残ったのは2と3と4だが、なかでも僕にとって悩みの種は、2だということがわかってくる。登場人物の「最初の登場のときに性別を明かさず保留しておく書き方」、つまり服装も髪型も、フルネームも、もちろん「女」だという断りも、情報は一切なくて、ただ登場人物が苗字で呼び捨てにされるケース。『神前酔狂宴』の登場人物の中では、入江や岸下という女性がそうだね。

そのことを頭においてまた小説を読んでみる。オオキくんが教えてくれた「地の文で女性が苗字で呼び捨てにされている小説」の残り二冊を。で来月、また報告する。

228
オオキ
2020/04/11
18:33

件名：言わせないでください

そうですか。

「こういうちょっとしたことから思わぬところで妙な誤解やすれ違いが生まれて、一見あり得ないと思えるようなことが現実に……そういう小説」を、正午さんはぱっと思いつきませんでしたか。で、それをオオキに、慣れない在宅ワークで「ＧＷ進行？やべ、オレんちのMacBookじゃこのファイル形式開けねぇや」とか部屋のなかを右往左往してるオオキに、わざわざ言わせようというのですね？

なにかのプレイですか、これは？

気恥ずかしいというか、なんというか、「そういう小説」の著者名やタイトルをそのまま書いても、つまらないものになりそうだったんです。だから皮肉をこめて「オオキはよく読んでるんで」と先月書いたつもりだったんですけど。

ちなみに。自宅のこのMacBookは、ノート型なのにコンセントつながないと起動しません。バッテリーの寿命がとっくに尽きてるせいです。佐世保にも何度か持参してるんで、正午さんも見覚えあるかもしれません。愛用して14年になります。２００６年春、立川競輪場で払い戻したツキ金で買ったんでまちがいありません。吉岡稔真がダービー決勝で逃げ切ったレースでした。実質先行一車じゃん、オオキくん、２・３着しぼれば大儲けじゃん、みたいなまことに有り難い助言をくれた悪友とその日は二人して現地に乗り込み、立川の長い直線をあらためてこの目で確かめ、……もうじゅうぶん話が逸れてるんでこのへんで切り上げます。

「そういう小説」って具体的に誰の何て小説なの？

佐藤正午の小説に決まってんじゃないスか。

例を挙げれば、『ジャンプ』の三谷純之輔にとっては「一杯のカクテル」、『身の上話』の古川ミチルなら宝くじの「一枚余分な買物」、『鳩の撃退法』の津田伸一だと本の栞《しおり》代わりにカバーの折り返しや紙幣を「はさむ癖」、ぜんぶ作中の本人からすれば、「ちょっとしたこと」だったように（オオキには）読めます。そこから彼／彼女がどんな「あり得ないと思えるようなこと」に遭遇したかは、説明するまでもないでしょう。

正午さんには、拍子抜けする答えでしたか？　でも事実はそうなんです。サカモトさんのことをここでぺらぺら喋れっこない、という方向に持っていきたいがために、遠回しな皮肉をこめて正午さんの足を、いや、正午さんの作品をすくおうと試みたんです。だいたいこのオオキが「よく読んでる」なんて胸を張って言えるのは、正午さんの作品を除けば……あとなんだ？　なにかある？　えっと、……『コンドル』のHPでやってる〈競輪歴54年のコーナー〉とかスよ。正午さん、そんなことまで言わせないでください。

この文脈からいくと、オオキが日頃「よく読んで」はいないと受け取られても仕方ない、それも本望と書くしかないですが、今月は、『愛なき世界』（新聞でもときどき読んでたんスよ）と、『平場の月』（書き出しが一人称っぽかったですね）についての「報告2」、お待ちしてます。

229
佐藤
2020/04/20
13:13

件名：報告2

A　六月十一日月曜日。青砥健将《けんしょう》は花屋にいた。駅前のこぢんまりとした花屋だ。
「青砥だよ、青砥」

あのときの自分の声が耳の奥で鳴った。

「なんだ、青砥か」

須藤の声も鳴った。滑舌はいいのだが、柔らかみのある声だ。女にしてはやや低く、頭のよさが感じられる。

（朝倉かすみ『平場の月』光文社　単行本P5）


小説の地の文では終始、青砥、須藤と苗字で呼び捨てにされる中心人物の二人が、最初に登場する場面、冒頭近くのこの場面で、青砥は、青砥健将とフルネームで紹介されている。一方、ここでは声だけ登場する須藤のほうは、いきなり須藤だ。

この小説の書き出しは、「一人称っぽかったですね」とオオキくんも言うように、病院だったんだ。昼過ぎだったんだ。おれ腹がすいて、おにぎり喰《く》おうと思ったんだ。おにぎりか、菓子パンか、助六か、なんかそういうのを買おうと売店に寄ったら、あいつがいたんだ。

と青砥の独白というか、心の声として書かれていて、つまり、おれが青砥で、あいつが須藤で、そこからほんの数行あとの引用Aの場面に「あのときの自分の声が耳の奥で鳴った」とあるのは、いま花屋にいる青砥が、以前病院の売店で向かい合ったとき自分の発した声を（同時にそれに応えた須藤の声も）ふいに遠くで鳴る音のように聞いている。つまりいまそこにいない人物の声を、まず読者は青砥と一緒に聞かされることになる。これどうなの。ここで物語の主役、ヒロインである須藤を苗字で呼び捨てにして、しかも声からさきに登場させるって書き方、どうなの。珍しくないか？ひとひねりしてあるなって僕は思ったんだけど。まあでもそういうのはいいか。そういうこと言い出すと報告じゃなくて小説の☆付け評価っぽくなるからやめとくか。

僕が指摘すべきなのは、小説の地の文で、須藤は最初から須藤と呼び捨てにされる、でもすぐに「女にしては」声がやや低いと書き足してあるから須藤は女性だとわかる、ということ。曖昧な点はない。青砥のほうだって独白は「おれ」だし、下の名前は

「健将」だし、性別はあえて断るまでもないだろう。この引用Aは、男女の再会の場面だ。正確には、男が女との再会場面を思い出している場面だ。で、これも前回読んだ二作同様、たとえばこんなふうに書けばそれでいいんじゃないのか？　という書き方になっている。つまり僕なんかにはお手本になる。三人称小説の、地の文で、登場人物を性別に関係なく苗字で呼び捨てにする書き方の。

　ちなみにこの小説では、引用Aの台詞を見てもわかるように、地の文だけじゃなくて、登場人物どうしも苗字で呼び捨てにしあっている。そのことは小説後半で、須藤の妹によってこう念押しされている。

　B　ほんとに「須藤」って言ってるんですね、と妹は笑いたそうなのをこらえる顔つきで言った。青砥が失礼を詫《わ》びる暇も与えず、つづけた。
「お姉ちゃんがカレシを『青砥』って呼んでるって言って、みんなで『それはないよねー』って呆《あき》れたら、『青砥もこっちの苗字呼び捨てだよ』って」

「みんな？」

（同　P164）


「みんな？」と青砥が聞き返す「みんな」の中には、僕みたいな読者までふくめていいかもしれないが、ふくめてもふくめなくても本人どうしがそれでいいのならもうほかのみんながつべこべ言うことではないし、小説の地の文でも、青砥、須藤と呼び捨てにするしかないだろう。苗字の呼び捨てが登場人物の意に沿った書き方でもあると納得できる。

♨

C　ドアを開けたのは、小柄な女性だった。藤丸より少し年上、二十代半ばぐらいだろう。艶《つや》やかな黒い髪をひとつに束ね、眼鏡をかけている。Tシャツにジーンズ、ゴム草履《ぞうり》という軽装だ。

藤丸はその女性に見覚えがあった。（中略）

「えっと、秘書の中岡さん……」

そう言いかけた藤丸は、すぐに「ちがうな」と思った。注文の電話をしてきたのは、もっと年嵩《としかさ》の女性の声だった。いま目のまえにいる女性は、風鈴みたいに涼しく軽やかな声をしている。

「いいえ、中岡さんはお弁当を持参してるので。私は松田研究室の院生で、本村《もとむら》といいます」

どうぞ、こっちです、と本村は玄関ホールの右手にある階段を上りはじめた。

（三浦しをん『愛なき世界』中央公論新社　単行本P29）

D　パソコンに向かっていた若者たちが席を立ち、藤丸から料理や食器を受け取って、大机への配膳を手伝ってくれた。三十歳前後らしい男は川井《かわい》、二十代後半らしい女は岩間《いわま》、本村と同年代らしい男は加藤《かとう》と名乗った。（同　P32）

E　本村紗英《もとむらさえ》は五秒ほど迷った。
顕微鏡室から出ていった藤丸陽太《ふじまるようた》を、追ったほうがいいのか、そっとしておいたほうがいいのか。（同　P97）

この小説の場合も、さきに報告した三作と同じで、おもな登場人物は性別におかまいなく地の文で苗字で呼び捨てにされる。そして同じように性別の混乱のおきない書き方が工夫されている。

引用Cでは、本村という苗字の呼び捨て以前に、その人物が小柄な「女性」だという情報が押し出される。年齢も髪型も眼鏡も服装も履物も出てくる。混乱のしようがない。引用後半の「私は松田研究室の院生で、本村といいます」という台詞から、どうぞ、こっちです、と本村は玄関ホールの右手にある階段を上りはじめた。

という苗字呼び捨ての地の文へのつながりがスムーズなので安心して読み続けられ

る。素足にゴム草履《ぞうり》を履いた小柄な女性が階段を上っていく、その様子が読者には見えるだけだ。以後、彼女が地の文で本村と何度呼び捨てにされても、このシーンが最初にあるので女性としての本村のイメージは揺らがない。

引用Dは、ひとことで言えば、まめである。同業者としてちらっとそういう言葉が浮かぶが、この言葉を使えば語弊があるかもしれないので、ここは基本と言い直す。引用Dはひとことで言えば基本である。登場人物の年齢や性別を、最初の登場シーンでこうやってひとりひとり押さえておけば、あとは苗字の呼び捨てで通せる。「登場人物を性別に関係なく苗字で呼び捨てにする書き方」を採るにあたっての基本、いたってシンプルなお手本だろう。

引用Eは、章替わりの頭の部分で、前章までの藤丸の視点から本村の視点へとくるっと入れ替わる。でここだけ、本村は本村紗英とフルネームで呼ばれている。藤丸陽太のほうは前章というかこの小説の始まりのところで一度フルネームで紹介されている。なぜここだけふたりともフルネームになっているのか、確かな理由は僕にはわからないんだけど、「新聞でもときどき読んでたんスよ」とオオキくんが言うように、これはもとは新聞に連載された小説だから、もしかしたらそのあたりの事情が関係しているのかもしれない。新聞の読者に、あらためて本村が女性であることを「女性」という言葉を使わずに知らせる必要があったのかもしれない。だってここんとこが、

仮に、

　本村は五秒ほど迷った。

　顕微鏡室から出ていった藤丸を、追ったほうがいいのか、そっとしておいたほうがいいのか。

と書かれていたら、その日たまたま新聞でこの小説を読んだひとは本村と藤丸の性別なんか判断つかないからね。だから、そういうわかりにくさを避けるためなのかもしれない。そうじゃないかもしれないけど、まあ、とにかくここだけフルネームだ。でもこのあとすぐ本村紗英は本村に戻って、ずっと本村と呼び捨てにされる。

　というわけでオオキくんに教えられた小説四冊、読み終えた。

　前回読んだ二冊も、今回読んだ二冊も、確かに「登場人物が性別に関係なく苗字で呼び捨てにされる書き方」で書かれた小説には違いない。でもそのかわり、登場人物を苗字で呼び捨てにするかわりにね、性別はいちいち、親切に説明されている。その人物が登場してすぐに、男性か女性かわかるように書かれている。

　以上、報告終わり。

いや、実はそうじゃない。

何がそうじゃないかというと、僕がこの四冊を読むことになったのは、もとはといえば、オオキくんから、三人称で書かれた小説に関して、
地の文で女性の登場人物が苗字だけで書かれることって、少ないと思いませんか？

と質問されたことがきっかけだった。

そうだったよね？

それで僕が、うん、少ないと思うよ、と答えて、それから一冊だけ思いついた『神前酔狂宴』という例をあげて、ほかにあるか？　と聞き返したら、オオキくんが自分の本棚から四冊探してきて教えてくれた。じゃあせっかくだから、その四冊読んでみるよ、そういう流れだった。

この流れを思い出して整理すると、僕はこう書くべきだろう。

☞

というわけでオオキくんに教えられた小説四冊、読み終えた。

前回読んだ二冊も、今回読んだ二冊も、確かに「地の文で女性の登場人物が苗字で呼び捨てにされる書き方」で書かれた小説には違いない。でもそのかわり、女性の登場人物を苗字で呼び捨てにするかわりにね、性別はいちいち、親切に説明されている。

その人物が登場してすぐに、女性だとわかるように書かれている。

でもってそこが『神前酔狂宴』と違う。

なぜなら『神前酔狂宴』の場合、一部の登場人物については、登場してもすぐには性別の見分けのつかない書き方がされているからだね。前にも話したとおり、たとえば入江や岸下といった登場人物は、女性なんだけど、最初に登場したときから苗字で呼び捨てにされて、そのまま長いこと性別の情報なしにほっとかれるんだ。

その点が、同じ「地の文で女性の登場人物が苗字で呼び捨てにされる書き方」の小説ではあっても、オオキくんが教えてくれた四冊と『神前酔狂宴』とでは違う。どっちが良いとか悪いとかの評価とは別の次元で、ただ単に小説を読めばわかる違いとして違う。

以上、報告終わり。

♨

でもほんとはぜんぜん終わっていない。

報告したあとにもやもやした疑問が残っている。

たとえばさ、『神前酔狂宴』を読んでいてね、途中で、苗字だけで書かれた登場人物の入江や岸下が、あ、女性だったのか、と僕はちょっと驚いた記憶があるんだよ。

ちょっとでも驚いたってことはつまり、苗字だけで書かれた入江や岸下を、最初に出てきたとき男性だと思ってたってことにならないか。なるよね？

それはなぜなんだろう？　なぜ苗字だけだとその登場人物を男性だと（僕は）読んでしまうんだろう。別の言い方をすると、なぜその登場人物が女性の場合だけ性別の情報が必要だと（僕は）考えてしまうんだろう？

あと、そもそもさ、地の文で女性の登場人物が苗字だけで書かれることって少ないと思いませんか？　とオオキくんに訊かれて、うん、少ないと思うよと僕が答えた、そのやりとりじたい怪しくないか。ほんとにそういう小説は少ないのか？　先月今月と四冊、男性も女性も苗字だけで書かれた小説を読んだあとではなおさら疑わしく思うよ。ほかにも読むべき小説を僕（ら）が読まずに無精しているというだけの話じゃないのか。すでに大勢の小説家が、登場人物を性別にかかわりなく苗字で呼び捨てにして小説を書き、大勢の読者がそれを読み慣れてるんじゃないのか。僕（ら）は知らないうちに人通りの絶えたうら寂しい場所に取り残されているんじゃないのか。な、オオキくん、その心配はないか？

とか問いかけても、いまの状況じゃ無理か。

いまはそれどころじゃないか。

230
オオキ
2020/05/12
02:38

件名：もしや正午さん

はい。「知らないうちに人通りの絶えたうら寂しい場所に取り残されている」心配は、オオキにこそあります。

なにしろ、「よく読んでる」と言えるのは〈競輪歴54年のコーナー〉、と宣言したばかりですからね。担当編集者がこんなこと言っちゃマズいんでしょうけど、いま大勢の読者がどんな（書き方をされた）小説を読み慣れているのかなんて正直わかりませんし、そもそも正午さん、「大勢の読者」って、僕（ら）が知らないにぎやかなところにでも隠れていたりするものなんスかね？


正午さんからのメールを読んだあと、オオキはうら寂しい場所に取り残された正午さんと自分の姿を想像しました。

たとえばそこは、最終レースの決定放送が流れてからもしばらく立ち上がれずにいる競輪場のスタンドかもしれません。いつのまにかだいぶ陽《ひ》も傾いています。静かです。耳に届くのは場内を吹き抜ける風の音くらいでしょう。先に腰を上げるのは正午さんで、「どうする？　コーヒーでも飲みに行く？」と問うでしょう。「その前にちょっとコンビニ寄っていいスか？」とＡＴＭに用事ができたオオキは応えるでしょう。

「んじゃ、行こうか」

「はい」

ほかにも、伝説のポケモン狙ってレイドバトルに行ったら二人のほかにぜんぜん人がいないシーサイドパークやら、珍しく遅くまで二人で飲み歩いたあと帰りのタクシーがまったくやって来ない夜店公園通りやら、正午さんとどこかに取り残されている場面をいろいろと想像したんです。

で、そんなことを思い描いてるうちに、なんとなくですが、三人称小説の「地の文で女性の登場人物が苗字で呼び捨てにされる書き方」だとかいまメールでやりとりしているのも、世の中で正午さんとオオキだけなんじゃないか、という気さえしてきました。それをうら寂しいとは思わないんですけど、まぁ重箱の隅をつつくような話題ですし、ましてや緊急事態宣言が延長されているこの状況もありますからね。

在宅ワークにもだいぶ慣れました。

できるだけ外出を控えて他人との接触の機会を減らす、そんな毎日がひと月半つづいています。

そこで気づいたのは、なんだかコレ正午さんぽい生活スタイルじゃん！　てことでした。執筆はもちろんご自宅で、外出といっても近所を散歩するくらいでまず市内から出ない、見ず知らずの人と接触する機会もほとんどゼロ。自粛を要請している側からすれば、「あ、佐藤さんはそのままで結構ですよ」と言われるくらい模範的なスタイルであるように思えます。

じっさいはどうですか？　四月上旬、お役所に自粛を促されてから、正午さんの生活になにか変化はありましたか？　オオキは自分でも神経質だなぁと呆れるほど、手を洗う回数が増えました。正午さんはそんなことありませんか？　散歩に出るときはマスクを着けるようになったとか、散歩コースを人通りの絶えたうら寂しいルートに変更したとか？

この状況下では、東京から訪ねて来る常識はずれな編集者もいないでしょう（来られても困るでしょう）。取材の依頼なんかもたぶんないでしょうし、競輪の開催もほとんど中止になっていますから、ご自宅での時間はいつも以上に静かではないかと思います。

もしや正午さん、書き下ろし長編の執筆、はかどってるんじゃないですか？

件名：雑談

231
佐藤
2020/05/21
12:23

そうかもね。

僕にかぎった話じゃないと思うけど、ある程度年齢がいって自宅で書き仕事をしているひとはふだんから「外出といっても近所を散歩するくらい」だろうし、「まず市内から出ない」かどうかは別にして、「見ず知らずの人と接触する機会もほとんどゼロ」もそりゃ若いときに比べたらそのとおりだろう。まあ「自粛を要請している側からすれば」ね、その外出自粛を要請する側がもし一軒一軒声をかけてまわる気さくなひとだったら、「あ、佐藤さんはそのままで結構ですよ」て言うかもしれない。

散歩から帰っての手洗いとうがいも、長年やってきて気がついてみると、もはや何かの対策のためというわけでもなくて、験《げん》かつぎ的に、これやらないとなんか気がすまない的に、身についた習慣になっている。長年て、たぶん二十年、三十年ではきかない、相当長い長年だと思う。便座に腰かけておしっこする習慣よりも、もっと長い。これも「あ、佐藤さんはそのままで結構ですよ」て言われるだろう。この年になってひとに手洗いの指図されるのもどうかと思うけど。

あとそういえばウディ・アレンの映画（だった気がする）で、中年か初老かとにかくあんまり若くはない男（作家だったような気もする）が、自宅に帰ると洗面台で神経質に手を洗う、ハッピーバースデーの歌を声に出して二回歌い終わるまで、石鹸《せっけん》つけてごしごし洗う、というシーンが印象的で、それまで僕は無心で手洗いしてたんだけど、それ以降は映画の真似して同じことやってる。これもけっこう長年やってると思う。ただし歌うといっても僕は心の中で歌うんだよ。ハッピーバースデートゥユー、ハッピーバースデートゥーユーと歌ってきて、ハッピーバースデーディア……のあとに自分の名前を続けるときもあるし、ときどきばからしくなって抜かすときもある、心の中でね。それはその日の気分による。

朝遅めに起きて、昼過ぎまで仕事して、夕方散歩に出て、誰とも接触せずに、帰ったら手洗いしながらハッピーバースデー二回歌う、心の中で。ずっとそんな生活だよ、昔も今も。「自粛を促されてから、正午さんの生活になにか変化はありましたか？」って、ないとわかってオオキくんは訊いてるんだろうし、期待どおりの答えを返しておくよ。

たいした変化はない。そこはすなおに認める。認めたうえで、でもだからこそ、もしや正午さん、書き下ろし長編の執筆、はかどってるんじゃないですか？

これは愚問だと思うよ。

だって、はかどるも、はかどらないもないよ。生活にたいした変化はないんだから。原稿の進み具合にも変化はない。競輪の開催がなくなって、いつもより静かな時間が流れたからって、急に小説書きに精が出るわけじゃない。競輪が再開されて、またいつものように時間が流れたとしても、どっちにしても変わらない。

♨

以下引用（中学三年の男子三人が、一学期終業式前の休日に、山道をハイキングしている一場面）。

フジワラが、一応見所なんちゃう、と評する滝までの道は、自分にスタンドがあったらどういう名前にするか、という話をしながら歩いた。フジワラが、おれはイースタンユースにする、スタンドが発動したらおれはメガネを掛ける、と言ったので、ヒロシは、じゃあおれはサードアイブラインドにする、見えないものが見える、と答えた。実はよく知らないバンドだが、名前はすごくかっこいいと思っていた。

自分はステレオフォニックスで。

後ろを歩いていたヤザワが、突然話に入ってきてそう主張した。

「おまえのはどんなんなん？」

ヒロシが振り返ると、ヤザワは満足そうに笑って答えた。

聴こえないものが聴こえる。

（津村記久子『エヴリシング・フロウズ』文春文庫　P139）

前回までうだうだやってた報告——三人称小説の「地の文で女性が苗字で呼び捨てにされる書き方」に着目した報告——とはまったく別の話として聞いてほしいんだけど、これね、この小説のこの引用箇所、かっこいい、と僕は思う。こういう書き方、すごくかっこいい。読んでいるときにそう思ったから、あとでオオキくんに伝えるつもりでページの上端を三角に折っておいた。付箋を貼るのももどかしいって感じで。かっこいいと思うのは僕の主観だから、ひとにはうまく通じないかもしれないけど、こういう書き方とはどういう書き方なのか、そっちをちょっと説明してみると、引用文に出てくる、
自分にスタンドがあったらどういう名前にするか、
というところ、まずこれ、ここでスタンドとは何か、小説を読んでいるとき僕は知らない。スタンドを発動するとは何か、とうぜん知らない。イースタンユース、サー

ドアイブラインド、ステレオフォニックス、ぜんぶ知らない。(オオキくんは知ってたか?)

スタンドが発動する、とは何なのか?

僕は知らなかった。

知らなかったからあとでスマホで検索した。そしたらすぐにそれが何なのかを知ることができた。でもさ、ほんとは検索は必要ないんだよね。ネットで知るまえに、わかってるから。

この小説のここを読んでいるとき、スタンドという未知の言葉が出てきて一瞬面食らうにしても、読みつづければ、ここで何が書かれているのかはわかるよ。スタンドとは何か、発動とは何か、一言も説明されていないけれど、ここで中学生の男子三人が何の話をして盛りあがっているのか、ちゃんとわかる。わかるように書かれている。

つまり、こういう書き方というのは、あらゆる世代の、いろんな趣味の、常識の基準もさまざまなひとたちに小説は読まれる可能性があるはずだけど、そのひとたち全員が、ふつうに知っているとはとても(僕には)思えないスタンドやら発動やらの言葉の意味、その意味の説明を思い切りよくとっぱらった、そしてとっぱらっても何が起きているかはたぶん読んだひとに(僕にも)伝えられる、そういう書き方のことだ。それがすごくかっこいいと思う。そのとっぱらい方が。

実をいうと、僕はいまもスタンドの意味、発動の意味を知らないんだ。説明して聞かせろといわれてもできない。検索した内容はその日、そのときかぎりで忘れちゃったからね。それでも、いまもう一回この引用箇所を読むと、彼らがやってること、喋っていることはわかる。架空の、こんな名前の、こんな能力が自分にあればいいという話をしているのがおおよそわかる。

おおよそでいいと思うんだ。いやむしろおおよそのほうがリアルかも、とも思うんだ。だって彼らは中学生だからね。中学生どうしの会話を、今年65になる僕が読んでるわけだからね。

たとえば現実の話に置き換えると、散歩中にさ、前を歩いてる子供たちの大声の会話が聞こえてくる。彼らが話す言葉には、聞きなじみのない単語もまじっている。でも話している内容はおおよそ理解できて、いまは昔、大昔だね、自分も彼らと同じように夢の超能力に憧れて、その超能力に唯一無二の名前をつけて、友人とネーミングのセンスを競って遊んでいた（かもしれない）、そんな記憶が刺激されたりもする、おおよその理解がもたらすそういう体験のほうがリアルだし、そういう体験と似た読書体験もリアルでしょう。中学生が口にする単語ひとつひとつ、洩《も》らさず理解できてしまうことよりも、よほど。

だとすれば、そもそも、説明なんか要らないんじゃないか。

要らないよね？

ところが、たとえ要らないとわかっていても、僕が同じ場面を書くとしたら、

フジワラが、一応見所なんちゃう、と評する滝までの道は、自分にスタンドがあったらどういう名前にするか、という話をしながら歩いた。スタンドというのは、ある漫画に出てくる特殊な用語で……云々《うんぬん》

とか、説明の文章を書き足してしまう、どうしても書き足したくなってしまう、ような気がするんだ。

またかよ、とオオキくんは思うだろう。

またなんだ。

結局そういうことなんだよ。

僕にはこういう書き方はできない（かも）な、とまた弱気に思ってしまうんだ。


で僕はこう考えた。

僕にはこういう書き方はできない（かも）な、と弱気に、羨望《せんぼう》のまなざしで読んで

しまう、だから同業者としてそういう書き方がすごくかっこよく見えるのは理の当然、それがひとつ。

もうひとつは、ここからこじつけっぽくなるけど、僕にはこういう書き方はできない（かも）なと思う、ないしは、思わされてしまう、その点で、この『エヴリシング・フロウズ』とあの『神前酔狂宴』は共通している、ということ。

するとたぶん僕は後者を読むときにも「かっこいい」と思いながら読んでたんだろうし、あと、僕の受け取るその「かっこよさ」の共通点を足場に、そこから考えを積みあげればおのずと、二つの小説は、あるひとつの共通する（僕には書けない）書き方で書かれているんじゃないか？　という疑いが頭にうかぶ。つまり、表立って明らかな「地の文で女性が苗字で呼び捨てにされる書き方」以外にも、表面には見えにくい共通の書き方で。

もちろん読後の印象はまるで別々の小説だし、書かれていることが似てるんじゃない。僕が言ってるのは書き方のことだ。それも小説の文体とか大づかみな話じゃなくてもっと局所的なことだ。全体として見れば小説が個性的な顔をしているのはあたり前だろう。そうじゃなくて、ここというときに何か、僕だけ気づいていない、秘密の、僕以外の同業者たちにはすでに了解済みの書き方が採られているんじゃないか。前者で、スタンド発動という言葉の意味の説明がとっぱらわれていることと、後者で、登場人物の入江や岸下の性別情報が最初の登場シーンで省かれていることには、僕の知らない共通の理由がひそんでるんじゃないのか。ワンチャンひそんでるんじゃないのか?

いや、それはないか。まったく僕の見当ちがいか。それとも、ひそんでるんだけど、知らないうちに人通りの絶えたうら寂しい場所に取り残されている僕(ら)にはやっぱり見えてないのか?

……まただよ。またそこに戻ってしまう。

ああ、でも、これはオオキくんへの問いかけじゃない。

いまはまだそれどころじゃないだろうし、宿題として受けとめなくてもいい。気休めの返信も要らない。ただ僕はちょっとそんなことを考えてみたというだけなんだ。競輪の開催中止が相次いで、いつもより静かな時間が流れる生活のなかでね。

♨

このメールを書いているあいだに長崎県の緊急事態宣言は解除された。でもたいした変化はない。外出自粛の要請があってもなくても、出不精な生活を長年送っているわけだから、大きく変わりようがない。これを送信したら弱気な小説書きに戻る。弱気でも何でも書くのは書くんだ。ほかにやることないし書き続ける。そしたらいつかまぐれ当たりでも、これだと思える秘密の扉に手がかかるかもしれない。そこから人通りの多いにぎやかな道に出られるかもしれない。

232
オオキ
2020/06/11
17:45

件名：井上茂徳の解説

ちょっと待ってください。

正午さんだって言葉の意味の説明をとっぱらって、これまで小説を書いてるじゃないスか。「気休めの返信」のつもりではなくって、事実としてお伝えしますけど。最たる例が、『きみは誤解している』所収の短編6作ですよ。

マーク屋、ズブズブ、連に絡む、筋違い……そういった競輪用語の説明をほとんど省いていますよね。で、単行本にまとめるときに、わかりづらい読者が大半でしょうから、用語解説をつけたほうが良くはないかと、あとがきの「付録」を書かされたんですよね、サカモトさんに。というか、その経緯まで含めて「付録」に詳しく書いていますよね、正午さんが。

忘れちゃいましたか？

作中に言葉の意味を書き加えてみては？　みたいな野暮な提案はせずに、用語解説を絡めたあとがきを、というウルトラCで作家をノセる編集者の手腕をオオキはリスペクトしていますけど、それは話が逸れるんでやめときます。

『きみは誤解している』に収録されている書き下ろし短編「人間の屑」から引用します（競輪ファンふたりの会話のなかに、元選手の実名が出てくる場面）。

「今朝のスポーツ新聞に井上茂徳がこんな解説を書いてたんです。冬場の、しかも雨降りのバンクでは、先行選手が逃げ切るのはよほどのことがないかぎり難しい」

「そう」彼はほんの少し興味をひかれた。「井上茂徳が」

（中略）

「なにしろグランドスラムを達成した名選手の解説だし」と彼女がうなずき返した。

スタンドが発動するとか、サードアイブラインドとかをオオキは知りません。でも、「井上茂徳の解説」というだけで、作中の彼、櫻井淳が興味をひかれるのにじゅうぶんな説得力があることは知っています。個人的にはもう車券とは別次元で、鬼脚の言葉に耳を傾けない競輪ファンは愚か者、くらいに思っています。正午さんもそうでしょう？　じっさいに競輪場で「井上はなんて言ってる？」と正午さんに問われ、オオキがスポニチを差し出したことは一度や二度ではありません。

そんなオオキにとって、作中で大坪という名の彼女が発した台詞「なにしろグランドスラムを達成した名選手の解説だし」は、ＴＭＩの印象でちょっと説明っぽく読めます。正午さん、いちゃもんじゃないスよ、ポイントはここからです。

同作では、地乗りや切り替え、逃げ残りといった用語の説明はいっさい吹っ飛ばしている（でも作中で何が起きているかは競輪を知らない読者にもおおよそわかる）にもかかわらず、井上茂徳がどんな選手だったのかは、登場人物の台詞のかたちで親切に述べている。さらにそこから2ページ後の地の文では、さりげなくグランドスラムの意味まで補足している。

これはどうしてなんでしょう？　井上茂徳やグランドスラムも「付録」で説明できたはずなのに。作者が初代グランドスラマーをリスペクトするあまり、書かずにいられなかったんですかね？

文中の言葉の意味に説明が要るのか、要らないのか。なにもこれは小説に限った話ではないのかもしれません。今回のメールでオオキは「鬼脚」と「ＴＭＩ」を説明するかしないかで迷いました。まあ正午さんに伝わらないはずがないだろう、と思って説明してないんですけど、正午さん的にはコレ、註を入れといたほうがいいスか？

追記。正午さんが先月言っていたウディ・アレンの映画は、『人生万歳！』ですね。映画に詳しい知人にタイトルを教えてもらって中古のＤＶＤを入手しました（さんびゃく円で）。確かに初老の男性が手を洗いながらハッピーバースデーを２コーラス（かなり速いテンポで）歌ってましたが、彼は小説家ではなく物理学者であったことをお伝えしておきます。その映画を例の旧型MacBookで鑑賞したあと、本体からＤＶＤが取り出せなくなったこともついでにお伝えしておきます。以来、このMacBookがスリープ状態から目を覚ますたび、キーボードの下からディスクの回転音が聞こえ出し、ほっとくと『人生万歳！』の再生がはじまります。

233
佐藤
2020/06/24
13:13

件名：雑談2

——続けること、それも「負け続ける」というのは、つらいことです。しかし論理的に言って、戦い続ける限りは勝算も勝機もなくなりません。これは非常にシンプルな事実です。


また引用からはじめる。

これ、いつだったか、もうだいぶ前にネットで見つけてスクショしといた。ほんとその通りだなあ、と素直に思ったんで。

そのうちオオキくんに話すつもりで。

☜

競輪ではよく、買わなきゃ当たらない、とか言うでしょう。

まあそれはその通りなんだけどさ、でも、そんなふうに身も蓋もない言い方されると、あまりにもあたり前すぎて、子供扱いされてるみたいで、わかってるわそんなこと、とか、かえって反発感じたりする。

まず車券を買わなきゃ競輪は当たらない、そんなのみんなわかってるよ。でも言われても素直に聞けない。車券を買う決断、その決断に必要な勇気、財布からありったけの現金つかみだして、それをいっぺんに失うかもしれない恐怖を押さえ込んで、勝負するための勇気が出ないからひとはみんな、ていうか、僕はビビるんだ。ビビってる人間に、買わなきゃ当たらないよと言っても、勇気づけにはならない。

（じゃあ訊くけど、それ、買わなきゃ外れないよ、って言い方とどう違うの。違いはあるの？）

なんて言い返したくもなる。

ひとが、ひとに向かって、たぶん良かれと思ってする忠告、だいたい僕はそういうのには反発感じる。

いや、そうじゃなくてひとが、僕に向かって、たぶん良かれと思ってする忠告、だいたい僕はそういう大きなお世話には反発感じるし、言ってることも月並みだと思うから、聞いてるふりして聞き流すことにしてる。昔からそうしてきた。

いや、それも違うか。

ひとが、ひとに向かって、じゃなくて、僕に向かって、でもなくて、こう言うべきか。

たとえば年長者が若者に、先輩が後輩に、先を走っている者が遅れている者に、経験者が未経験者に、プロがアマチュアに、その道の成功者が初心者に、たとえは何でもいいけど、とにかく何らかのアドバンテージを持っている前者が、たぶん良かれと思って後者にする忠告、だいたいそういうのには後者が（または傍《はた》で聞いてる第三者が）反発感じたり、茶々を入れたくなったり、したくなるスキがあると思うんだ。発言内容ではなくて、表現にね、つけいるスキがある。月並みな表現のほうに。内容のほうは、そもそも先人の教えとかみんなわかってることを言ってるに過ぎないんだからさ、文句言ったってはじまらない。

でね、その、つけいるスキが、僕が思うに、冒頭に引用した発言にはないんじゃないか。

——しかし論理的に言って、戦い続ける限りは勝算も勝機もなくなりません。これは非常にシンプルな事実です。

という表現には、いちぶのスキも。

佐藤さん、あなたがいま未来にビビっているのはわかります。昨日も負けたようにまた今日も明日も負けるかもしれない。でも勝負から降りてしまわないかぎり、勝算も、勝機も、決してゼロになることはありません。論理的に言って。その通りだよね？　まったくその通りだ！　と思えるよ。これは非常にシンプルな、そして万人にあてはまる事実だ。どこかの特別な人間にだけ、選ばれた人間にだけ、というのじゃなくて、僕にも。

現場の話をすれば、その、勝負から降りてしまわないこと、戦い続けること、そこがやっぱり難しいんだけどさ、難しさは消えないんだけど、でも、こういう言い方をされると、表現にちょっとした驚きがあるせいか、身を入れて聞ける。このひとの言うことは聞き漏らすまいと耳を傾けられる。そのぶん気持ちが素直になる。つまりこの発言は、僕の心にとどく。

競輪は買わなきゃ当たらない、と言われたら反発感じて聞く耳すら持たないのに、この発言には素直になれる。不思議だよね。どっちも、さっき言ったように、そもそもみんなわかってることを言ってるに過ぎないのに。だって引用した発言の場合も、ほんとその通りだ！　と思えるってことは、最初から僕にもわかってるってことでしょう。まったく予想外のことだったら、その通りだ！　じゃなくて、そうだったのか！　になるはずだからね。

どっちも、間違いではなくて、みんなわかってることのはずなのに、一方は、月並みで、もう一方は、説得力を持つ。

これはどういうことなんだろう。

同じ忠告、同じ助言でも、言い方しだいってことか。同じような意味でも、表現の工夫で別物になるってことか。ひとがみんなわかってることを、素直に気づかせてくれる、その通りだ！　と心に眠っている確信を引きだせる表現と、そうではない表現があるってことか。すると極端な話、同じ意味であっても、表現しだいで、それを聞いたひと（読んだひと）にまったく違う発言として受け取られる、その可能性があるってことか。こいつのアドバイスは眠くなる、でもこのひとのは、心に刺さる、とか。

そんな話を、いつかオオキくんにしようと思って忘れてた。

☞

でも実は、いま書いたこと、事実の半分だけだ。

オオキくんがメールで井上茂徳の名前を出してきたから、とりあえず話を競輪に寄せてしまっただけで、ほんとは、ネットで見つけたこの発言を、競輪の講釈を垂れるためのダシにしたかったわけじゃない。ていうか、そういうわけにはいかないんだ。いくら心に刺さった発言だからといって、自分の都合の良いようにだけ、解釈してすませるわけにはいかない。

すこし正直になって言い訳する。

引用した発言が、心に刺さったのは事実で、スマホで初めて読んだとき、「負け続ける」や「勝算」や「勝機」といった言葉から連想して競輪にあてはめて考えたのも事実は事実なんだ。でも、それだけだと残り半分の事実を隠したままになる。

前回、メールのおしまいに僕はこう書いたでしょう。

これを送信したら弱気な小説書きに戻る。弱気でも何でも書くのは書くんだ。ほかにやることないし書き続ける。そしたらいつかまぐれ当たりでも、これだと思える秘密の扉に手がかかるかもしれない。そこから人通りの多いにぎやかな道に出られるかもしれない。

この文章、今回冒頭に引用した発言とかぶってないか。小説を書き続ければいつかはうまくいくかも……という意味あいの僕の文章は、戦い続ける限りは勝算も勝機もなくなりません……と似てないか。そう思って読み比べると似てるでしょう？　なんとなく。ちょっとだけ。実をいうと、推敲の段階で思い出してたんだ、スクショした発言のこと。偶然にしては似てるな、と思いながら直さなかったんだ。ほぼほぼパクリだな、同じことを表現を変えて書いただけだな、とすら思ったけど、そのままにした。

では、そこに、残り半分の事実がある。

どういうことかというと、説明が難しいんだけど、いや、僕が言うべきことはしごく簡単で、ただ今年65になる小説家として、そこまで正直になっていいのか、なるべきか、その判断が難しい、というか、何というか、ほんとに何ていえばいいんだろう？　いっそ何ともいわないでおくけど、要は、冒頭の引用発言は、競輪の心得について語ってるんじゃない。たぶん小説を書き続けるということ、書き続けるということの難しさについて、語ってるんだ。

（註）いちおう断っておくと、ネットで見つけてスクショしておいたこの発言は、ある小説家が「大学の後輩にあてたメッセージ」ということになっている。でもそれがスピーチ原稿なのか、何かに寄稿された文章（の一部）なのかは僕にはわからない。スマホに保存してある画像、そこに写っている文字情報以外はわからない。これをネットで見つけた経緯も思い出せないし、またこれを紹介しているサイトの場所もたどれない。本気出してやればたどれるかもしれないが、それをやるのは面倒だし、もしどうしても突きとめる必要があるのなら、検索の鬼（だったっけ、なんだったっけ？）のオオキくんにたどってもらいたい。

あと小説家の名前は、○○さんとスクショに明示されてはいるものの、それが僕も知ってる小説家の名前のようで漢字が微妙に違っているので、やはりこの場では何とも言えない。僕の早とちりで名前をあげて、小説家本人にも、小説家の「メッセージ」をサイトで紹介しているひとにも迷惑がおよぶのは本意ではないので、勝手なまねは控える。あるいは、僕の知ってる小説家と漢字が微妙に違う小説家が実在するのかもしれないし、あるいは逆に、小説家の名前を間違って表記しているのだとすれば、サイトに書かれていることにはあんまり信用が置けないのかもしれない。しかしどっちにしても僕はかまわない。たとえこれが実在の誰かの発言であってもなくても、ワンチャン誰かの創作した発言だったとしても、僕の心に刺さることに変わりはない。

それで、たぶん小説を書き続けることの難しさについて語っているこの発言を、なんていうか……読んだあげくスクショして、それから、これは小説を書き続けることだけじゃない、むろん人生全般について語っているとも受けとめられるし、競輪にも見事にあてはまる。戦い続ける限りは勝算も勝機もなくなりません……まさしくその通りだなあ、と素直に感じ入って、そのうちオオキくんにも教えよう、いいすねえそれ、名言すねえ、とか言わせようと思ってたんだね。

ところが教えるのを忘れて（スクショをこまめに見直す習慣ないし）、ただこの名言は忘れずに、独り占めにしたまま日々を過ごすうち、気がついてみると、いま、競輪をやるときには常に、これが頭の中にある。頭のど真ん中に。緊急事態宣言解除からこっち、競輪の開催もあちこちで始まってるからね。これだけは忘れちゃいけない、この言葉だけは、と自分に言い聞かせながら、毎日まいにち競輪をやり続けている。

つまりはそういうことなんだ、事実の半分として。

そして残り半分の事実としては、どうなのかといえば、もうこれ以上は何も言いたくない。今年で65にもなって、まだ小説書いてて、年齢のぶん「経験」というアドバンテージを他の同業者に対して持っている（はずの）小説家の立場で、めったなことは言いたくない。このひとお人好しでわかりやすいね、みたいな目で他の同業者からも読者からも見られたくない。競輪ならまだしも、本業にからめては。
ちなみに、冒頭に引用したのはスクショに写っている発言の前半部分で、後半はこうなっている。試しにもう一回つなげて読んでみてほしい。

——大学在学中も、卒業してからの約十年間も、書くことだけは決してやめずに続けてきました。受賞という結果より、それこそが私の誇りです。
これからも続けていこうと思います。

ひとが、ひとに向かって、真面目な顔でする話にはたいてい茶々を入れたくなる。自分のひねくれた性分はいまさらどうしようもないとしても、この言葉を、できれば小説を書き出した頃、読まれるあてもなく書いていた頃、小説家としての経験値がゼロだった大学時代にいちど聞いてみたかった。そんな感想を持たないでもない、ということだけここに書いておく。

234
オオキ
2020/07/11
14:03

件名：スクショ

教えていただいた名言、一読したときは正午さんの創作かと思いました。まず「だいぶ前にネットで見つけてスクショしといた」なんてちょっと怪しいですし、この連載で以前うかがっていた言葉、たとえば「みんないったんは負けて、負け続けて、負け続ける時間に耐える勇気を発揮したうえで1冊の本を書き上げたのではないでしょうか」（✉073）と、どこか通じるものを感じたからです。

けど違いましたね。

グーグルの窓にいくつかキーワードを入れたところ、ある大学の公式サイトでくださんの言葉を確認できました。「News & Topics」コーナーのバックナンバーにある記事です。本学の卒業生○○さんの作品が××賞を受賞した、というお知らせから受賞作の刊行情報などがつづいて、最後に在学生のみなさんにメッセージをいただいた、といった流れで結ばれる記事でした。

正午さんが「スクショしといた」のは、コレですか？

そこにあった小説家の名前はオオキも知ってますけど、正午さんの言うように「漢字が微妙に違って」はいないので、別モノかもしれません。はっきりとはわかりません。

ネット上の記事って、公開後に書き直すこともできるし、公開した記事を削除することもできますよね。正午さんがスクショした「だいぶ前」の時点では、公式サイトで「漢字が微妙に違って」いた可能性も少しはあるかもしれません。もしくは、「だいぶ前」のタイミングで、公式サイトから引用・転載したサイト（たとえばニュースサイトや個人運営のサイトなど）の記事がいくつもネット上に広がっていて、その過程で書き間違いなどが生じていた可能性も考えられます（まあ、書き間違いについてはあまり他人のこと言えないんスけど）。

どちらかというと、後者のほうが可能性高そうな気がします。その場合、「だいぶ前」の記事がいまもそのまま残っているとも限らず、仮に正午さんからスクショ画像を見せてもらったとしても、オオキの自力ではサイトを特定するのはむずかしいんじゃないかなぁと思います。

ここまでネットのことを書いていて、ひとつ確認しておきたかったことを思い出しました。業務的な確認です。

正午さんにはお伝えしていたことですが、創刊号から連続クレジット記録更新中の『きらら』が、今年の秋から「デジタル雑誌」に変わります。お手もとの7月号の巻末にあるとおり（いや、正午さんはこの連載ページだけ切り取って保管しているはずなのでここで詳しくお伝えしますと）、11月号から変わります。つまり、今回のやりとりを掲載する9月号と次回の10月号のあとは、ネット上にこの連載を公開することになります。

雑誌の形態は変わっても、校正作業など正午さんの現場レベルではあまり変化はないと想像しています。スケジュールも基本これまでどおりです。

ただ、毎月お送りしている『きらら』の見本はなくなります。

正午さんが連載ページを切り取る手間も省けるってことですけど、今後、ご執筆中にバックナンバーを確認する際は、どうしましょうか？　7年前にネット連載に移行した「小説家の四季」ではどうされているのでしょう。まさかスクショで保管してるわけじゃないスよね？

たとえば、正午さんにIDとパスワードを発行して、佐藤正午専用のバックナンバー一覧ページをネット上に用意する、なんてことも技術的には可能です。でも、面倒スよね？　いちいちアクセスするのとか。オオキは毎号、校了紙のコピーを郵送しようと考えているんですが、それでイケそうですか？

件名：Re：スクショ

235
佐藤
2020/07/21
13:23

スクショはよくやる。スマホいじってても気づいたら指が勝手に動いてスクショしてる。動物とか静物とか料理とか自分の顔とかの写真を撮る気は起きないけど、スクショは一日に何回もやる。手を洗う回数よりも、咳《せき》をする回数よりも、スクショを撮る回数のほうが多いと思う。たまにマスクをし忘れて散歩に出ることはあってもスクショは忘れない。競輪の出走表画面とか。並び予想の入ってる出走表画面ね。レースが終わると並び予想が消えちゃうから、あとで結果と照らし合わせるためにスクショしとく。最近はフルページでスクショを撮る技ってのを学んだから、翌日の出走表を開催場の数のぶんだけ、１レースから最終レースまでフルで一枚ずつスクショしてる。もはや習慣になってる。ほかにはネットニュースの記事とか、ヤフー知恵袋のＱ＆Ａとか、ＧＯバトルリーグのプレミアカップお薦めパーティー構築とか、オオキくんから届いたメッセージの添付画像とかも。とりあえず残しておいたほうがよさそうなもの、気になったもの、驚いたもの、心にひびいたもの、何でもかんでもスクショする。

そんなふうだから、前回のメールの、

「だいぶ前にネットで見つけてスクショしといた」

という事情説明も、そう書けば通るだろうと思ってた。たとえこれが作り話だとしても通るだろう（これは作り話ではないけど）と判断して、あえて簡単にすませたつもりだった。でもその説明が、

「ちょっと怪しいですし」

とオオキくんは言うんだね。そうなのか。ネットで見つけてスクショしといたって説明では通らないのか。それは、あれか？　六十過ぎた人間がスマホでスクショなんて、たとえ事実でも受けいれ難いってことだろうか。もし小説にそんな登場人物が出てきても嘘に見えるってことだろうか。それとも単にオオキくんの目にうつる佐藤正午という人間が、常日頃スクショを撮りためてるなんて怪しいってことか。

こう見えて僕、いやどう見えてるのかよくわからないけど僕、二十代、三十代の頃にね、新聞記事をスクラップしてた時期があったんだよ。けっこうまめに。スクラップブックと呼ばれるものに切り抜いた記事を糊で貼り付けたりして。いま気づいたんだけどスクショはそれとやってることが似てるかもしれない。とりあえず残しておいたほうがよさそうだ、と思って次から次に記事を保存する。保存しても別にあとから

丁寧に見返したりもしない。そこらへんも似てる。さきざき役に立つかもしれないものを、保存したことで安心を得る。安心してすぐ忘れる。

結局、憶えてることはずっと憶えてるんだよね、スクラップしてもしなくても。スクショしてもしなくても。思い出すときが来れば思い出すんだよ。何かのはずみに。見たはずみ、聴いたはずみ、触ったはずみ、匂いを嗅《か》いだはずみ、どんなはずみでもいいけど、そのとき思い出すべきことがあれば思い出す。……いや、そう都合よくはいかないか。もののはずみでなんか思い出せないこと、ほんとにきれいにあとかたもなく忘れてしまってることもあるか。スクラップブックに糊付けされて眠ったままの記事。スクショして保存されたまま二度と顧みられない画像。

☜

まあそんなスクショの中から前回、あの名言を拾いあげてオオキくんに教えたわけだね。あれは競輪やるとき思い出す言葉で、競輪は毎日やってるから毎日僕の頭に浮かぶわけだね、とくに負けがこんでるとき、頭のど真ん中に。

思い出すといっても言葉を思い出すだけで、スクショ画像を頭にイメージするわけじゃない。スクショした事実を思い出すのでもない。競輪やってるときそんなことは思い出さない。ただ前回のメールでは事の経緯を説明するために、記憶をさかのぼってスクショの件にたどり着いただけで、つまり、さっき言った何かのはずみとは別に、ものを書くとき必要となる記憶、思い出すべき記憶、みたいなのもあるんだね。そういうことだと思うよ。何かを書こうとしなければおそらくよみがえらないはずの記憶、それはあるよ。

でさ、オオキくんが調べてくれた大学の公式サイト、僕のスマホに保存されてるのはそのサイトの画像のある部分を切り取ってスクショしたものかもしれない。そうじゃないかもしれない。でも前回も言ったようにもうどっちでもいい。どっちにしてもあの名言が僕の心にひびいたのは事実だから。

たとえあれが文学賞を受賞した若い作家からもっと若い大学生に向けたメッセージだったとしても、もともとはそうだったのだとしてもね、そのもともとの枠の外にいる部外者の僕にもあの言葉はとどいてるんだよ。ネットで共有して感銘をうけてるんだよ。こんなこと知ったら若い作家も、大学生たちも、え？　なに言ってるのこのひと？　気色悪っ、とか引くかもしれないけど、ほぼほぼ高齢者の作家がいまあの名言に支えられて日々を送ってるんだよ。競輪やるときにね。競輪やるときだけだよ。小説書くときにも支えられてる、なんてことはないんだよ。言わないんだよ絶対に。小説は、誰の言葉に支えられてなくても書くときは書くんだから。これまで書いてきたように。

♨

とは言ってもなあ。

これまで書いてきたように、ってどうなんだろうか？

自分で言っといて何だけど、これまで書いてきたように、は、口で言うほど簡単じゃない気がする。

まだ若い作家ならそれでいけるかもしれない。これまで書いてきたように、次も書いてキャリアをひとつ積めるかもしれない。でも僕ぐらいの年齢の作家はどうなんだろう。視力も体力も免疫力も低下して、若いときにあったガッツも根気も不足しがちで、これまで書いてきたように？　どうやったら小説が書けるんだろう。これまで書いてきたように、が、もうできなくなること、それが年を取るってことじゃないのか。そんな気がする。年々する。

去年、だったか、おととしだったか、相手は小説家ではないんだけど同い年の書き手と対談したことがあった。オオキくんもたぶん憶えてるでしょう、雑誌にも載ったし。で対談の席で相手が、書き仕事に集中することを潜水にたとえて「潜る」と表現したんだ。そのときは僕は、あんまりぴんと来なくて、適当に調子を合わせて「うん、僕も毎日潜ってる」みたいな受け答えをした。正直、自分では潜ってる実感はなかったんだけどね。

ところが、それから一年以上たったいまになって、その潜るという表現が心に染みてきている、わりと痛切に。

それはなぜかというと、たぶんいままで、さして意識せずにできていたこと——毎日決まった時刻に、仕事にとりかかって、一定の時間、書きものに集中すること——が、億劫になってきてるからなんだ。小説を書くのが億劫、というのとはちょっと違うんだよ。いったん書き出せば、没頭して時間を忘れたりもする。けど、たまにね（とくに）仕事にとりかかる入口のところで、これからやることに自分が怖《お》じ気《け》づいているように感じる日があるんだ。億劫というより、臆病か。そいでその臆病になっている自分が、比喩的に、水に入るのを恐がってる自分と重なる。毎日決まった時刻に、肺に息をためて深い水の中に潜っていくこと、そしてそのさき、長時間水中で息をとめて作業すること、そのことを、水際で、爪先ひたした状態でためらっている自分を連想させるんだね。今日は水に入りたくないなあ。水中で息をとめてる自信ないなあ。まさにそんな感じなんだよ。

それをできないことが、それをできるとはどういうことかを考えさせる。つまりさ、書き仕事の時間の流れの中へ（たまにね）うまく入れなくなっている自分がいて、逆に気づいたんだ。なるほど潜るという表現は適切な比喩だったな、と。そういうとき自分を励まして強引に仕事を始めても、潜り方が浅くなったり、息が続かなかったりするんだよね。短時間で陸《おか》に上がってきたりする、あれ、まだこんな時間か？　そのへんもふくめて、書くことは潜ることに似ている。あくまで比喩だけど。作家は、年とともに臆病になって（たまに）うまく潜れなくなってからようやく気づく。なるほど、以前の自分は毎日まいにち勇敢に潜ってたんだなあ、と。

☞

で、これらのことから何が言いたいのかというと、別に言いたいことはない。オオキくんのほうで勝手に解釈してくれていい。視力も体力も免疫力も低下した作家の、作家の矜持《きょうじ》とか、そんなものには縁のない作家の、またはただの意気地なしのおじさんの、お得意の弱音と思ってもらってもいい。若い作家がもっと若い大学生に向けたメッセージのはずが、ネットの海を漂って、ある日おじさん作家の心に名言として突き刺さる、目にした瞬間に。そういう偶然もあれば、同世代の書き手が対面で口にした比喩が、その場では受け流していたのに、長いタイムラグののちある日心に染みてくる、そういう事態も起きる、と取ってもらってもいい。誰かが発信した言葉をひとが受け取る、受け取り方は一様じゃない。言葉はその誰かの思惑を超えて、なんなら文脈も超えてひとを励ましたり、その誰かが忘れた頃にひとに納得されたりもする、つまり正午さんが言いたいのはそういうことですか？　と訊いてくれてもいい。そうかもしれない。別にあらたまって言いたいわけじゃないんだけど、それはそれで事実なんだろうと思う。

追記

1　メールにあった「業務的な確認」について。「校了紙のコピーを郵送しようと考えている」のならぜひそうしてもらいたい。「それでイケそう」じゃなくて、イケる、と答えておく。ちなみに、ここで言うことじゃないかもしれないが「小説家の四季」の担当者はそこまで親切じゃない。

2　それにしても『きらら』7月号の巻末にそんな重要なお知らせがあるとは知らなかった。表紙に自分の名前が載ってるのは見た記憶があるんだけど、巻末は見なかった。手もとにはもうない。そろそろ8月号が送られてくるころだからそっちで確かめてみる。

3　追記の2を書いた日の夕方『きらら』8月号が届いた。表紙も巻末も見た。連載ページも切り取った。手もとにはもうない。

Ⅳ グランプリの準備

236
オオキ
2020/08/13
16:36

件名：集中する前に

書き仕事に集中することを「潜る」と表現したのは、正午さんの同級生でジャーナリストの川上泰徳さんでしたね。
オオキには印象的な比喩で、かなりしびれたのを憶えています。掲載誌も、正午さんの対談記事なんてレアだし、いまも手もとにあります。川上さんは「取材をしながら、潜っているような感じになっていた」とパレスチナ難民キャンプでインタビューしていた日々を振り返り、「でも日本では潜れない」状態で、帰国してからは「半年間、何も書けなかった」と語っています。

川上　書こうと思ったら、何日か人に会わないで自分を沈静させないといけない。
佐藤　僕は毎日そんな感じ。それでも、書かないと調子が悪い。川上君の言葉でいうと、毎日潜っている。

（『図書』２０１９年5月号より）

ここのやりとりを読んだとき、正午さんも恰好いいこと言ってるなぁとしみじみ思ったんですよ。でも「適当に調子を合わせて」ただけだったんスか？

ずっこけました。

「潜る」と少しちがうかもしれませんが、どんな仕事でも、いや仕事でなくても、なにかに集中するときには「気持の切り替え」が（少なくともオオキは）必要になります。

不動産管理会社から家賃の値上げを（このご時世に！）提示された憂鬱《ゆううつ》な気分のまじゃまともに原稿を読めないとか、サマージャンボ宝くじなんか買ってしまったばっかりにそわそわしちゃって打ち合わせに身が入らないとか、電車でマスクをしていない集団と鉢合わせした不安で伝説のポケモンにむけて投げるボールがおぼつかないとか（ぜんぶ最近のオオキのことですけど）、そういうときに必要になります。

で、その「気持の切り替え」がむずかしい。

つい先日、たまたま見ていたテレビのニュース番組に、競泳の東京オリンピック代表選手が出てたんですね。アナウンサーから、本当ならいまごろ金メダルを首からかけていたはずですが、どうですか1年後は？　みたいな話題をむけられると、その選手はちょっと困ったような表情を見せて「正直、いまも気持の切り替えができていない」と答えました。正午さん、素直な言葉だと思いませんか？　オオキは一気にファンになりました。今年の夏を目がけておそらく何年も前から本気で準備してきたはずなのに、そう簡単に「1年後」へ気持を切り替えられっこないっスよね？

正午さんはいま、たとえば、たまに書き仕事の時間の流れの中にうまく入れなくなったとき、どう対処しているんでしょうか？　きのうまで書き進めていた原稿を読み返しているうちに、「気持の切り替え」のようなもの、もしくは書き出す勇気みたいなものが生まれてくるんでしょうか？「潜る」前の段階でいくら粘っても書き出せず、きょうはダメだ、夏休みだ、と午前中からスピードチャンネル点《つ》けちゃう日もありますか？

237
佐藤
2020/08/24
11:33

件名：潜る

ちょっと言い忘れてたことがある。

潜るって、実はこの言葉、僕にもなじみのある界隈で流行《はや》ってるんだよね。水中にもぐるとか地下にもぐるとか一般的な意味でじゃなくて、書きものに集中することの比喩表現としてでもなくて、この「潜る」をひんぱんに使ってるひとたちがいる。

ポケモンＧＯの、ＧＯバトルリーグの動画を見るでしょう、ＹｏｕＴｕｂｅで。見てるとよく耳にする。きょうは何セット潜ってみたとかね。動画のタイトルになってる場合もある。こんなパーティーで潜ってみた！　とか。僕に教わらなくてもオオキくんはもちろん知ってると思う。動画をあげるひとたちは毎日ふつうに潜るという言葉を使っている。

僕がよくわからないのは、ポケモンＧＯのアプリを立ちあげてゲームをやる、そのことじたいは、潜るとは言わないんだね。ポケモンの捕獲や図鑑埋めを、潜るとは言わない。ジムバトルも、レイドバトルも、リモートレイドバトルも、タスクをこなすことも、コミュデイのイベントに参加することも、スペシャルリサーチをクリアすることも、潜るとは言わない。誰も言わないと思う。ところがポケモンＧＯというゲーム内の、ほかと同じように一つの遊び方であるＧＯバトルリーグで、ＰｖＰ、対人戦だね、それをやることだけは別格に、潜ると言う。なぜなんだろう。

書きものに集中する時間を、比喩的に、潜ると言う。最初に言ったのは僕じゃないけどさ、その感覚は言われてみれば僕にもなんとなくわかる。前回書いたとおり、言

われて時間がたってみれば、なんとなくね。いまここで息をしているこの現実がある
でしょう。それとは別の現実、もうひとつの、仮の現実に入っていく感覚、とでもい
うのかな。
　ただそれをポケモンGOにあてはめるなら、ゲームのアイコンをタップして遊び始
めるところ、そこからもう「潜る」と言ったほうが早いように思うんだけど、そう単
純じゃないんだね。いまここで息をしているこの現実から、いったんポケモンGOと
いう拡張現実のゲームを経由して、そこからまたさらにGOバトルリーグの対人戦に
潜る、と三層になってるんだね。この現実↓ポケモンGOという仮の現実↓ポケモン
GO内のもうひとつの仮の現実である対人戦リーグ、ということだよ。
　そいで、なぜそうなるのかよくわからないから、ま、よくわからなくても実生活に
別段支障はないんだけど、ためしにスマホで「潜る」をググってみたら、この言葉、
なんというか……はあ？　いまさらかよ、前々からネットゲームの世界では使われて
るよ、あんたがものを知らないだけだよ、作家のくせに、と舌打ち聞かされてる気分
になった。どんなふうに前々から使われているのかは、読み飛ばしたので理解できな
かった。オオキくんは前々から使われてる「潜る」の意味って知ってるか？　僕も知
っといたほうがいいような有益な使い方がされてるんだろうか。そうなら使い方を教
えてみてくれないか、次のメールで、簡潔に。読んで理解できるかどうかもう一回た

めしてみるから。

あと思ったのは、僕（ら）が比較的よく知ってる競輪では、「潜る」って言葉は使わないよね？　いまここで息をしているこの現実、息苦しい現実に風穴あけるために、いちかばちか現金を賭けて心臓バクバクさせるわけだから、あえてどこにも潜る理由はないよね。今日はモーニング競輪のしょっぱなから気合い入れて潜った、とかさ、わたしはこの買い目でグランプリに潜ってみた！　とか誰も言わないよね。聞いたことない。

でもさ、競輪もネットでやるのが主流になりつつある、時代とともに。とくに今年は、春ごろから無観客のレースが主になって（こないだの名古屋オールスター競輪も無観客だったね）、たとえ地元開催の競輪でも、競輪場には行かずに、スマホやパソコンで車券買って、レース実況はテレビで見る、またはレース実況もスマホやパソコンで見る、という競輪のやりかたが標準化しつつある。ていうか、とっくの昔、こうなる前から（ミッドナイト競輪なんてずっと前から無観客でやってるわけだし）標準化してた、ともいえる。出不精の競輪ファンである僕なんかはまさにね。出不精じゃないファンでも、現況とりあえず、この標準を受け入れざるを得ないだろう。

そうすると、競輪が現に開催されている競輪場の意味で本場《ほんじょう》という言葉を競輪ファンは使うけど、その本場で、たとえば昔ながらに金網ごしに選手を応援したり野次ったりする生の競輪、それとは別の、もうひとつのモニターごしの競輪がある、と言いたくなってくる。

無観客だから選手がそれなりの走り方をして競輪のレースが変わる、わけではなくてね、レース形態は同じでも、何よりそのレースとレースに接するファンの距離感が変わるでしょう。あたり前だけどいくら応援したって野次ったたって声は届かないんだからさ。しかもレースは小さなスマホ画面の中で始まって終わるわけだから。距離が近いとか遠いとかいうより、レースがおこなわれてるのは、むしろ距離感のないどこか、だよ。地元の競輪場のはずなのに、地元だとは思えない。佐世保競輪場だろうが函館競輪場だろうが同じなんだ。全国どの競輪場も、もはや本場ではない。

スマホの中に全国一律の競輪場という仮想空間がある。アプリをタップすればいつでもそこへ行って競輪が楽しめる。要するにいま競輪はスマホを使ったゲームに近づいている。ゲーム感覚で大勢のひとが競輪を遊ぶようになりつつある。いや、なりつつあるを通り越して、すでに現在ほぼほぼその状況を迎えている。

するとと今後どうなるか。

僕の予測だと、競輪は、このままいけばネットゲームの一種になる。

ひとが競輪で賭ける金は、ゲーム内課金と同様の意味を持つようになる。つまり車券を買うことは、ポケモンGOでいえばレイドへの参加資格を得るためのパス購入と同じことになる。金額的にも、レイドパスの値段と同程度、百円とか二百円の車券が主流になる。なるだろう。ゲーム感覚なんだから。そしてそうやってネットで競輪をやりつづけるうちに、ひとは、ここがこの文章の主眼だが、車券を買って心臓バクバクはさせないまでも、スマホ画面に没入してレース結果に一喜一憂することを、やがて「潜る」と言い始めるだろう。いまここで息をしているこの現実、それとは別のネット空間で、人生の時間を競輪というギャンブルに費やすわけだから、潜るという表現は自然と使われるようになるだろう。

そう遠くない未来、ひとは、ものを書くとき潜り、ゲームでも潜り、ギャンブルするときまで潜るようになる。潜るという言葉がやたらと重宝する時代が来る。

な、どうだろう？

オオキくんはどう思う。

「来週の競輪ダービー、潜る？」

「潜りますよ初日から。正午さんも潜るんでしょう？」

「うん潜る。仕事で潜るほうは一段落したし、こんどは競輪で思う存分潜る」

いまはどうでも、いつかふたりでそういう会話をしている日が来るとは思わないか。ぜんぜん思わないか？

ここからメールにあった質問に答える。
それとあと、ひとつ揚げ足もとる。

♨

Q. たとえば、たまに書き仕事の時間の流れの中にうまく入れなくなったとき、どう対処しているんでしょうか？　きのうまで書き進めていた原稿を読み返しているうちに、「気持の切り替え」のようなもの、もしくは書き出す勇気みたいなものが生まれてくるんでしょうか？

A. これね、きのうまで書き進めていた原稿を読み返しているうちに、何がどうなるとかじゃなくて、きのうまで書き進めていた原稿を読み返すことができるのなら、もう読みはじめたその時点でいつもの書き仕事の時間の流れの中に入れてるんだ。たまに書き仕事の時間の流れの中にうまく入れないときというのは、きのうまで書き進めていた原稿を読み返す気になれないときだ。書き仕事の時間て、すでに書いたものを読み返す時間もふくめての時間のことなんだ。極端な話、きのうまで書き進めていた原稿を読み返すだけでその先を一行も書かなくても、読み返したのならそれは書き仕事の時間なんだ。ま、実際のところは、きのう書いた原稿を「読み返すだけ」なんてあり得ないけど。読み返せばかならずどこか書き直したくなるからね。で、その書き直しを助走にして先へ進んでいくことはあるよ。書き直すことも書く時間の一部なんだよ。いや一部じゃないな。書き直すことは、書く時間の大部分を占めてるはずだ。いや大部分どころか、文章を書くとはすなわち書き直すことだ、と誰かが言ってなかったか、昔。……自分か？　昔の僕が自分で言ったのか？　そうだとしても、いまの僕も同感だよ。書き直して、それが前より良いものになってるかどうかほんとのところは謎だけど。

あと揚げ足とりね。

メールの中でオオキくんは、なにかに集中するために「気持の切り替え」が必要なのに、それが難しいときの具体例を三つあげてるでしょう。

1　不動産管理会社から家賃の値上げを（このご時世に！）提示された憂鬱な気分のままじゃまともに原稿を読めないとか、

2　サマージャンボ宝くじなんか買ってしまったばっかりにそわそわしちゃって打ち合わせに身が入らないとか、

3　電車でマスクをしていない集団と鉢合わせした不安で伝説のポケモンにむけて投げるボールがおぼつかないとか、

このうち1と3は、例として無難だから文句もつけずにおいとくとして、2の「サマージャンボ宝くじなんか買ってしまったばっかりにそわそわしちゃって打ち合わせに身が入らない」って、そんなことあるか？

そわそわするか？　サマージャンボ宝くじで。

そわそわって、もっと期待値の高いものに対して使う言葉じゃないのか。吉と出るか凶と出るか、せいぜい確率五分五分くらいの結果を待つときに、ひとはそわそわするんじゃないのか。たとえば試験の合否判定を待ってるときとか。たとえばワッキーのホームがましに番手の選手が喰らいつく車券と、千切れる車券と、どっちかに有り金賭けているときとか。

サマージャンボ宝くじって当たる確率どのくらいあるの。なんびゃくまんぶんの一、とかそのていどじゃないのか。そんなのまず当たらないでしょう。はなから期待できないでしょう。ワッキーの頭車券とは違うんだから。期待できないのにそわそわはしないでしょう。サマージャンボ宝くじを買ったことなんて買ったその日に忘れるんだよ、ふつうは。そいであとからそういえばもう当選発表出てる頃かなと思い出して、当選番号を調べてさ、あ……おお？　おおお？　おおおおお、当たってるわーっ！って腰ぬかしたりするんだよ。佐藤正午の『身の上話』って小説にもちゃんとそんなふうに書かれてるんだよ。オオキくんも読んでるはずでしょう。

以上。

前回、この僕が、気になった画像をスクショしてスマホに保存するのを習慣にしているのは「ちょっと怪しい」と、つまり下手な作り話に見えるとオオキくんからダメ出しされたわけだが、僕の考えでは「サマージャンボ宝くじなんか買ってしまったばっかりにそわそわしちゃって打ち合わせに身が入らない編集者」のほうが数段怪しい。もし小説にそんな登場人物が出てきたら怪しすぎる。そのことがどうしても言いたかった。おたがい怪しまれるようなことは書かないよう気をつけよう。

238
オオキ
2020/09/09
21:32

件名：実家の母親

怪しいですよね。「サマージャンボ宝くじなんか買ってしまったばっかりにそわそわしちゃって打ち合わせに身が入らない編集者」って。

正直に書きます。

コレ、オオキのことではありません。職場の同僚の話がもとです。先月、なにかに集中したいのになかなか集中できない状況の具体例を、文中に3つくらいは挙げたいと考えました。2つは自分の身のまわりから思い当たったんですけど、あと1つが出てこない。で、職場の隣の席で仕事してる同僚に訊いてみたんです。なにかに集中できないときってどんなとき？ 「ダンナがリビングで映画を観はじめると気になって家で仕事できない」これはつまらないので却下して、ほかには？ と訊ねると、クレジットカードのポイントでサマージャンボ宝くじを70枚（バラ）もらったらしく、万が一それが当たったらと考えただけで、なんにも集中できなくなると言います。それで、と同僚は言葉をつづけました。

「実家の母親までそわそわしちゃって」

その話はおもしろいと思って拝借しました。

「もし小説にそんな登場人物が出てきたら怪しすぎる」と正午さんはおっしゃいましたが、果たしてそうでしょうか？ 同僚の「実家の母親」のようなキャラクターは（正午さんの）小説には出してもらえないってことでしょうか？

『身の上話』では、当たるじゃないスか、宝くじ。当たるんだったら、正午さんが描かれたとおり、いったん宝くじのことなんて登場人物（古川ミチル）の頭の隅に追いやっといたほうが、読んでいるほうは断然たのしめると思います。たとえばこれが、待ちに待った抽せん日！ と登場人物がスタンバっていて、よっしゃあ当たったああ！ みたいな流れだったら、当たったんだすごいね、くらいは思っても、読んでいておもしろいかはたぶんビミョーです。

　ただ、正午さん。なんびゃくまんぶんの一以外の人物、つまり宝くじが当たらないような大多数の人物も、小説には登場するものですよね？　宝くじのことなんて買ったその日に忘れるひとがいる一方で、もし高額当せんでもしたらとひそかに夢を膨らませて抽せん日までそわそわしたあげく、結果はやっぱりハズレ、というひとも多いと思うんです、現実に。そういえば『身の上話』にも、宝くじのことを終始気にしていた登場人物（沢田主任）がいましたよね。娘が手に入れた70枚の宝くじの話を聞いてそわそわしちゃうような「実家の母親」にも、小説に登場するチャンスはあるんじゃないスか？


　それから。ネットゲームの世界で前々から使われている「潜る」の意味は、オオキも知りませんでした。

　正午さんを真似してググってみても、意味はちんぷんかんぷんで、その世界に詳しい同僚（前述とは別人）に訊きました。

「使いますね、『ランクマに潜る』とか」

　ランクマって？

「ああ、ランクマッチのことです」

なるほど。彼女によると、SNSやライブ配信のコメント欄などでも「潜る」が使われているそうです。

オオキの解釈込みで簡潔にいえば、「まじで集中する／別のことに集中する／ひとりにしといてほしい」といったシチュエーションで、「潜る」が使われているように思ったんですが、どうなんでしょう。自信はありませんが……、

〈例文〉年末の佐世保競輪場で、オオキくんは「ちょっと潜ってきます」と僕に言い残し、黙々とマークシートに記入をはじめた。

……とか？

それにしても。「僕も知っといたほうがいいような有益な使い方がされてるんだろうか」って、ネットゲーム界隈を題材にした新作の構想でもあるんですか？

239
佐藤
2020/09/22
12:13

件名：ちんたら賭ける

宝くじのことなんて買ったその日に忘れるひとがいる一方で、もし高額当せんでもしたらとひそかに夢を膨らませて抽せん日までそわそわしたあげく、結果はやっぱり

ハズレ、というひとも多いと思うんです、現実に。

　とオオキくんは書いている。

　それはその通りかもしれない。

　現実には、そういうひとが大勢いるかもしれない。なかには買った宝くじを神棚にあげて、毎朝拝んで、抽せん日を指折り数えながら待つひとだっているかもしれない。たぶんいるだろう。

　でも僕は現実にいるかもしれないひとたちの話をしてるんじゃないんだ。

　オオキくんの言う「なにかに集中したいのになかなか集中できない状況の具体例」として、「サマージャンボ宝くじなんか買ってしまったばっかりにそわそわしちゃって打ち合わせに身が入らない編集者」が妥当なのか？　という話をしてるんだ。

　職場の同僚から聞いた実話を「その話はおもしろいと思って拝借しました」とネタばらしがあるけど、それは畢竟《ひっきょう》、現実にそういうひとがいる、そういう話がある、ただそれだけのことでしょう。それが通るのなら、何だってありにならないか。現実にある、ということが、ひとに読ませるために書かれたものの妥当性の根拠になるのなら、ものを書くひとは誰も苦労しないんじゃないか。

　だいいち「その話はおもしろいと思って拝借しました」というネタばらしの「その

話」じたい、僕には面白いとも思えない。読んでみて、なんだなんだそうだったのか、それをはやく言えよ、みたいに説得もされないし、やっぱりどこか怪しい気がする。それは「その話」の伝え方、たぶんオオキくんの「拝借」の仕方に難があるからだろう。登場人物である職場の同僚にも、彼女の実家の母親にも非はなくて、彼女たちの「そわそわ」が怪しく見えてしまうのは、ひとえにオオキくんが「その話」をじゅうぶんに「拝借」しきれていないせいだろう。

クレジットカードのポイントでサマージャンボ宝くじを70枚（バラ）もらったらしく、万が一それが当たったらと考えただけで、なんにも集中できなくなると言います。それで、と同僚は言葉をつづけました。「実家の母親までそわそわしちゃって」その話はおもしろいと思って拝借しました。


とオオキくんは書いている。

それはその通りなのかもしれない。

現実にその通りのことが起きたのかもしれない。

でも現実がどうであっても、それを「おもしろいと思って拝借しました」というオオキくんが、面白いと思った「思い」のたけがこの文面に表われていない。表わしたつもりかもしれないが足りていない。そのため、娘がサマージャンボ宝くじをもらったことを知ってそわそわしちゃってる実家のお母さんは、前回あった「サマージャンボ宝くじなんか買ってしまったばっかりにそわそわしちゃって打ち合わせに身が入らない編集者」と同様、怪しく見える、このままでは。

ここでの問題は、単純に、この母娘のコミュニケーション不足にあると思う。クレジットカードのポイントでサマージャンボ宝くじ70枚（バラ）を思いがけず手に入れてしまった娘から、実家の母親へ、具体的な情報伝達がなされていない点に。前回も述べたように、そもそもひとは期待の度合いがあまりに小さいときにはそわそわはしない。当せん確率なんびゃくまんぶんのいちとかのサマージャンボ宝くじ70枚（バラ）を持っているからといって、しかもこの場合、自分がじゃなくて娘がただ持っているからといって、母親がそわそわするなどあり得ない、ふつうは。

だから仮にこの話が面白いのだとしたら、ふつうとはやや異なる状況だろう。ふつうとはやや異なる状況で母親がそわそわするためには、娘から何らかの、とくべつな働きかけが必要だろう。その働きかけ＝情報伝達によって、母親に、ふつうとはやや異なるスイッチが入ってしまうんじゃないか。スイッチが入るきっかけとなる情報がどのようなものであるかは、現実の話をそのまま拝借してもいいし、現実の話にそれが欠けているのなら、拝借するときにオオキくんが作ってもかまわない。というか作るしかない。

たとえば、いまぱっと思いついただけの例だが、それは「サマージャンボ宝くじが当たったら、実家のリフォームにお金出してあげるね」の優しい一言だったかもしれない。優しいが無責任でもあるそのたった一言で、前々から住まいのリフォームを望んでいた母親にスイッチが入って、サマージャンボ宝くじへの期待度はいきなりぐんと上昇してしまう。で、そわそわの出番が来る。


それで、と同僚は言葉をつづけました。

「リフォーム代出してあげるねと言ったら、実家の母親までそわそわしちゃって」


とでもオオキくんは書くべきだったんじゃないか。

もしそう書いてあれば、なるほどね、と僕は納得して、こんなふうにいま、細かいことにいちゃもんつけたりしなかったかもしれない。

だってこれさ、娘としては、自分が口にした一言で、スイッチが入ってそわそわしてる母親を目にするわけでしょう。すると、できることなら実家のリフォーム実現させてあげたい↓そのためには宝くじが当たらないと困る↓どうか当たりますように↓ぜがひでも当たりますように↓ほんとお願い、宝くじの神様！　みたいな気持ちになるよね？　もともと70枚（バラ）のサマージャンボ宝くじは自分で買ったわけじゃなくて、思いがけず手に入ったものだし、そこにすでに多少の幸運が寄り添っているとも取れるわけで、最近わたしはついてる↓なんかもっといいことあるかも↓もしかしてこの幸運の宝くじ当たっちゃうかも↓高額当せんかも！　とか期待度がふつうよりやや上乗せされてる感じであったのが、そこへ母親のそわそわがさらに乗っかってくるわけだからね。相乗効果だよ。そりゃもう、頭のなかは宝くじのことでいっぱいだよね。抽せん日が待ち遠しくなるかもね。だから、もしそんな背景があるのなら、

万が一それが当たったら（あるいは外れたら）と考えただけで、なんにも集中できなくなると言います。

彼女がそう言いたくなるのも無理はないだろう。

なるほど、そういうことならそわそわするかもしれない。

実家のリフォームという情報をひとつ加えただけで、この話は俄然《がぜん》、現実味をおびてくる。つまり「なにかに集中したいのになかなか集中できない状況の具体例」として妥当性を持つ。

で質問への回答はこうなる。

Q．同僚の「実家の母親」のようなキャラクターは（正午さんの）小説には出してもらえないってことでしょうか？

A．いまぱっと考えてみた感じだと、小説に登場させることは可能な気がします。その同僚の「実家の母親」が比較的新しい家に住んでいないかぎりは。

♨

潜る、についてひとこと。

この言葉がオオキくんの簡潔な解釈どおり、何かに「まじで集中する」から「ひとりにしといてほしい」といった意味で使われているのなら、今後もっと広まっていく可能性あるね。いよいよ重宝しそうだね。（夫）しばらくお静かに頼む、音楽はイヤホンで聴いてくれ。（妻）え、なんで？（夫）これから潜るんだよ。（妻）ああそう、もう潜るの？　じゃあわたしも潜っちゃおうかな、晩ご飯の前に。（夫）うん、きみも潜るといいよ。

ただこれ、いまのところ、ネットの世界の話でしょう。もうすこし緩いくくりで言っても、ＰＣやスマホを使って何かに集中する場合の話でしょう。だからiMacで小説書いてる僕なんかは、毎日の書き仕事を「潜る」ってワンチャン言えそうだけど、日常、たとえば野菜や肉を調理したり、ズボンの裾まくりあげて風呂掃除をしたり、とかを「潜る」とは言わないでしょう、まだ誰も。……ああでも、レシピをタブレットで確認しながら料理に集中したらそれはもう「潜る」ことになるのか。ぎりならないか？　ま、どっちでもいいか。

こないださ、前回のメールでね、ひとはやがてギャンブルすることも潜ると言い始めるだろう、なんて予測を立ててたよね？　けどほんとにそうなのかなあ？　と最近思い直してる。競輪、毎日やってるんだけどね、相変わらず、スマホのネット投票で、ひゃくえん単位でちまちま賭けてるんだけど、どうもね、集中して「潜る」感じとはほど遠い気がする。

競輪のレースって二、三分で終わるでしょう。

でもレースとレースのあいだの時間は結構長い。現行の7車立て一日9レース制だとすごく長い。ずっとオッズ画面見てるとあくびが出そうになる。競輪場にいて、現場の空気を吸ってるんならまだしも、在宅競輪だし。じゃあせめてレース中だけでもしっかり集中しているかというと、そうでもない。ソファに寝転がって見たりする。賭ける金額も子供の小遣い程度だし、心臓バクバクなんかしない、そこまで勝負に入れ込んでいない。脈拍も乱れない。表情も変えないままレースを見終わることも多い。当たりでも外れでも。結果が出るとすぐに次のレースの車券を買う。次のレースが始まるまで、本を読んだりする。台所に立って米を研いだりもする。その間ほかのことを考えている。書きかけの長編のこととか、接近中の台風のこととか、マイナンバーカードの申請のこととか。そのうち次のレースが始まる。脈拍正常のまま見終わる。見終わったらまたその次のレース。これ、潜ってるか？

おまけにさ、勝ってるときはまだいい、勝ったり負けたりのときもいいんだけど、でも負けが続くとネット口座の金がどんどん減って、残金ゼロになると車券買えなくなるから近所のATMまで歩くでしょう。歩くんだよ往復二十分かけて。猛暑の日も、台風の日も。で途中でふと我にかえったりする。立ち止まって、いったい何のために歩いてるんだ？　と疑問に思ったりする。ネットで競輪やるためだよ。うん、それはわかるが、ネットで競輪はどうしてもやらなければならないのか。やらなければ何か困った事でも起きるのか。それとも、毎日何レースもゲーム感覚で少額を賭け続けることがそんなに楽しいのか。そんなに心が躍ることなのか。台風の日に傘さしてATMまで歩くほど。

楽しいか楽しくないか、心がどのくらい躍るかは、もちろんひとそれぞれだろうが、僕の場合、ときどきあくびを堪えてる。ソファに寝転がってちんたらやってる。惰性で日を送るってこういうことかもしれない。勝ってもバンザイするほど嬉しくない。負けても口惜しくない、とは言わないが、チッと舌打ちするくらいですむ。これ、いま自分がやってるこれ、ほんとにギャンブルか？　と疑問を持ったりもする。ネットで、ゲーム感覚で、競輪を楽しむ。聞こえはいいが、これを「潜る」とは（現在のところ）とても僕には言えない。今後も言えるようになるか自信はない。自分から好んで「潜る」ひとたちは、ゲームの真っ最中にふと我にかえったり、何のために？　と自問自答なんかしないだろうからね。たぶんマイナンバーカードの申請のことも考えないよね。そういう現実をすっぱり切り捨てて、ひとは潜るんだろうからね。

だからこの言葉の将来はまだわからない。将来重宝されそうな予感はあるけど、何から何にまで、とくにギャンブルにまで応用が利くのかどうか、そこらへんは未知数だ。その点だけ、前回書いたことを訂正というか保留しておく。保留してもうしばらくちんたら賭けてみる。

240
オオキ
2020/10/12
19:37

件名：キャッシュレス

小倉竜二が初タイトルを獲得した特別競輪（ＧⅠ）を、正午さんは憶えていますか？　21年前の競輪祭なんスけど、初日の第1レースから自宅で車券を買ったことがありました。

当時のオオキは電話投票会員でした。

スピードチャンネルの中継をつけっぱなし、固定電話の横に前夜版を広げて、受話器から聞こえるゆったりした自動音声にやきもきしながら慎重にプッシュボタンを押す電話投票、正午さんも身に覚えがあるでしょう。その競輪祭では幸運がこつこつ重なって、2日目を終えた時点で口座の残高は当時の収入ひと月ぶんほど増えたんです。で、3日目。賭け金のレートをゼロひとつ上げて車券を買いだしたオオキはまんまとおけらになりました。翌日の決勝、吉岡稔真をゴール寸前でかわしたオグリューの見事なハンドル投げも、指くわえて見てるだけでした。

それを機に電話投票からは足を洗いました。電話越しに自動音声で知らされる残高では勝ちの実感も負けの実感も乏しく、慣れていないキャッシュレス状態だとお金を賭けている事実さえリアルに感じられず、フォームがくずれたからです（フォームって自分なりのばくちの構えのことです）。これがもし本場や場外で、2日目終了時の払戻金をこの手に受け取りポケットにねじ込んでたら、3日目にあんな無茶はぜったいしない、勝負は最終日！　それが4日間をたたかい抜くおれのフォームじゃなかったか！　と猛省したからです。以来、ネット投票も導入された現在まで、「車券は本場か場外の投票所で買う」を鉄則にオオキは生き延びています。クニマツとかで打ち合わせしてる最中に正午さんがネット投票をはじめても、オオキがこの鉄則を破ったことはありませんよね？

ところが最近、これが少し揺らぎはじめています。正午さんが前回と前々回に書いたネット投票の話が、どこかたのしそうに読めたせいもあります。正午さん曰《いわ》く「ネットでやるのが主流になりつつある」のなら近い将来、見ろよあのおっさん、まだ現金で車券買ってるぜ、と後ろ指さされる心配もあります。今年8月の名古屋オールスターでは自宅から新橋にある場外に着く前に暑さですっかりバテてしまい、冷静にレースを予想するどころではなかった苦い思い出もあります。あと、競輪以外の場面（地下鉄やバスでの移動とか、近所のコンビニやネットでの買物とか）で、意外と自分がキャッシュレス化に対応してるのに気づいたせいもあります（だったらネット投票もイケるんちゃう？）。

とはいえ、いま40代後半のオオキが、ギャンブルの現場で20代の頃と同じ過ちをくり返す可能性はつねについてまわるでしょう。そこで「在宅競輪」キャリアも長く、「ちんたら」でも賭けつづけていられる正午さんに3つ質問です。

〈1〉たとえば、佐世保競輪場の払戻窓口でじかに受け取ったひゃくまんえんと、スマホの画面に表示された払戻ひゃくまんえん（金額はあくまで「たとえば」ですよ）、勝ちの実感は正午さんにとって同じですか？

〈2〉ネット投票だと誰がいくら車券を買って、いくら勝ったか（負けたか）銀行口座の入出金記録として残りますよね？　仮にひと山当てたとき、払戻金にアシがつくのが、ちょっとこわくないスか？　税務署関係とか。
〈3〉毎年恒例のSSGTも、そのうち「ネット投票にしようか、クニマツでお茶しながら」みたいなことになりますかね？　だとすると、オオキは少し寂しい気もします。正午さんはどうですか？　以前この連載で書かれていた「たんまり払戻金を受け取り、札束をコンビニのレジ袋につっこんで」（✉197）といった描写も、ATMからじゃ絵にならないと思いますし、そうだ、引き出し限度額の問題もあるんじゃない？とかややこしいことになりそうですね。

追記。オオキが前回、現実の話を拝借しきれていなかったのは、よくわかりました。拝借する現実の話になにか欠けている部分があるのなら、「作ってもかまわない。というか作るしかない」。正午さんにそう言われると、妙に説得力ありますね。オオキはその後、同僚の実家の母親をそわそわさせる何かを、「家族でハワイ旅行」じゃ現状イマイチだなとか、ときどき考えていますが、正午さんが挙げた「実家のリフォーム」以上にしっくりする具体例が思い浮かびません。同僚はくだんのサマージャンボ宝くじで、合計ごせんひゃくえん儲かったそうです。

件名：Re：キャッシュレス

241
佐藤
2020/10/26
11:33

小倉竜二が吉岡稔真を差し切って勝ったレースはうっすらと憶えている。たいがいのレースは時間がたつと忘れてしまうけど、競輪祭のその決勝戦は憶えてる。ゴールの瞬間の映像をね。

いまから二十一年前ということは、一九九九年でしょう。机の抽き出しをあさったらその年の古い手帳が出てきたんで、いまそれを読んでみた。まだ二十代のオオキくんが、競輪祭初日の第一レースから電話投票をやっていたちょうどその頃、自分はいったい何をやってたんだろう？　と思ってね。その頃の自分て、四十四歳だからね。四十四歳の自分がどんな感じだったかなんてとくに何も憶えてないし。

で手帳を見ると、十一月二十日（土）の欄に「競輪祭」と書き込みがあって、ページをまたいだ翌週二十三日（火）勤労感謝の日まで矢印（↓）が引っぱってある。二十三日のところには「小倉-吉岡　9-2　1390円」と書いている。

そこから想像すると、たぶんオオキくんと同じように、僕も競輪祭初日から車券を買ってたんじゃないかな？　そして最終日、決勝戦を運良く当てたんじゃなかったのかな？　自宅で電話投票をやっていたのか、佐世保競輪場に行って場外発売の車券を買っていたのか、そこまではわからないけど。あと9－2の二車単車券を何枚買って当てたのかもわからないけど。

いや、ほんとのところは、違うかもしれない。

その決勝戦の車券を確かに当てた、と言い切るほど記憶に自信はない。当てたのならもう少しそれらしい書き方をしたはず、という気もする。儲かった金額を書き入れるとかね。その金額にビックリマークを付けておくとか。だから僕が手帳に書いているのは、その年の競輪祭決勝戦のたんなる結果に過ぎないのかもしれない。のちのちの心おぼえのために、二車単の目と払い戻し金額をメモしておいただけかもしれない。競輪の公式サイトというものがあって過去のレース結果もたちどころに検索できるとか、そんな二十一年後の今日は予測もしていなかったからね。メモは必要だったと思う、手書きのメモ最強の時代だよ、一九九九年はまだ。iPhoneだってなかったし。

まあその話はいい。僕が二十一年前の決勝戦を当てたのか、当てなかったのか、そんなのはどっちでもいい。それより古い手帳に自分で入れた書き込みの、もっと先のほうを読んでみて、へえ、と意外に思ったことがある。十一月二十五日（木）、つま

り競輪祭が終わった翌々日に、

「P 0・30　くもり　ジャンプ14」

と書き込みがあり、そこからまた矢印（↓）が始まっていて、翌週の三十日（火）には、

「A11・30　晴　FAX」

とある。

これ、どういうことかというと、一九九九年当時、『ジャンプ』という題名の小説を月刊誌に連載してたんだね。

その『ジャンプ』の14回目の原稿を、十一月二十五日に書き出して、十一月三十日に書き上げて、ファクスで編集部に送信している。自分で書いたメモを読み解くとそういう意味になる。ワープロ専用機で小説を書いてた頃だからね。書いた原稿はファクスで送っていた。PとかAとかあるのは、PMとAMのMを省略してるんだろう。どっちもその時刻に起床したってことだ。つまり十一月二十五日は午後になって目覚めて、それから連載小説の仕事に取りかかってるんだ。二十一年後の僕から言わせれば、かなりずぼらだ。規律に欠ける生活のようだ。お昼の十二時半に起き出すってどういうことだよ？　いったい夜中に何やってたんだ。

でもこの古いメモを見て、へえ、と僕が意外に思ったのはそういうことじゃない。

原稿を書くのに要した時間のことだ。たったの六日か？　ということだ。十一月二十五日から三十日までの、たったの六日間で、連載小説一回分の原稿を書いてたのか！

というのもつい最近、連載小説の一回分をちょうど書き上げて送ったところで――iMacで書いてメールで送信したんだけど。連載小説といっても月一じゃなくて年一の連載なんだけど――その原稿を書くのにかかった日数と比べてのことなんだ。そっちは十八日かかってるんだよ！

日々の出来事を手帳にメモする習慣はいまはないから、さっきカレンダーを見て、記憶をたどって、指を折って数えてみたんだけどね、原稿書きに取りかかったのが先月の九月二十七日（日）で、二週間後の十月十一日（日）に第一稿を仕上げた。それから三日を推敲にあてて、ほんとはもっと推敲したいところだが明日から前橋ドームで寛仁親王牌が始まるしなあ、初日の一次予選は朝から見逃したくないしなあ、原稿の心残りはゲラが出てから直そうか？　そうしようか？　……と内なる自分と妥協して、十月十四日（水）の午後に送信したんだよ。妥協して十八日なんだよ。

二十一年前の僕はそれを六日でこなしてたんだ。現在の三分の一の日数だ。すごくさばけてる。もちろん原稿枚数の違いとか、月一連載と年一連載の違いとか（年一の場合、続きを書くまえに登場人物の名前やあらすじを思い出すのに手間取ったりもするし）、当時の僕といまの僕との体力や集中力の違いもあるし、単純に比較はできないはずだけど、でも、それにしてもね、さばけてるのはさばけてるよ、断然。

連載小説の一回分を六日で書けるなら、ほかに二、三本連載仕事を請け負ってもやっていけたんじゃないだろうか？　やっていけたと思うな。なのに一九九九年の手帳を見ると、十一月はその六日間以外、仕事に関する記載はないんだ。もったいない。さっきも言った競輪祭の書き込みがあるだけで、スケジュールは全部空白。起床時刻と、お天気メモのみ。ほんともったいない。

仕事は連載小説一本しかやってなかったんだね。一本にしぼってたんだろうね。一本しか依頼がなかったんだろ？　って見方もあるかもしれないけど、どっちにしても月に六日だよ。月に六日だけ小説書きに集中して、残りの二十四日は競輪と、……競輪と？　あと何をやってたんだろう。とくに何も思い出せないけどさ、とにかく何やかんややってたんだろう。何やかんややれたんだろう。連載小説一本で生活が成り立ってたわけだよ。それでじゅうぶん食べていけた。月に六日の小説書きでね。お昼の十二時半に起き出したりしながら。まったく、ため息つきたくなるよ。いったい原稿料いくら貰ってたんだろう？

♨

はい、では質問に答えていきます。

第一問は「勝ちの実感」の違いについて。

佐世保競輪場の窓口で現金で受け取る払戻金と、口座への入金がスマホ画面に表示される払戻金とでは、受け取るときに何か感覚の違いがあるかという質問ですね？　お答えします。

僕の答えは、かったるい、です。そういう質問じたいがもうかったるい、です。ほかで訊いて？　と言いたくなります。

だってこれ、給料を手渡しで受け取るのと、銀行振込とではどう違いますか？　みたいな質問でしょう。そんなの、どっちがどうとか言ったってしょうがないでしょう、いまさら。給料袋に入った現金でないと貰った気がしないとか、そんな寝ぼけたこと言ってるひともうどこにもいないでしょう。

昔ね、昔といってもそれほど大昔でもないんだけど、ワープロで小説を書くひとたちが出てきた頃、手書きとワープロ書きでは文体がどう変わるか？　ワープロ書きは小説にどのような変化をもたらすか？　みたいな問題提起がされたことがあったよね。あったんだよ。一九九〇年代に、僕も手書きをやめてワープロに乗り換えたとき、真面目に考えてみた時期があったし。自分の書くものにどこか変わった点があるだろうか、漢字が増えたとか減ったとか、ひとつの文が長くなったとか短くなったとか？

でも考えてるうちに忘れてしまった、いつのまにか。たぶん考えることじたいを忘れてしまった。小説を書くこと、書き上げること、そしてさらに次の小説を書くこと、書き続けることに一生懸命で、月日は速やかに流れていった。

で、それから三十年ほど経ったでしょう。気がつくと、誰も気にしていない。手書きとワープロ書きの違いとか、気にしないどころか、そんな問題なんてなかったことになっている。昔のことは忘れて、みんな平気な顔で小説を書いたり読んだりしている。僕だって全部なかったことにして iMac で小説を書いている。手書きで書いている作家が一人もいなくなったわけじゃない。でも、手書きだからその作家の書くものがどうだとか言うひともいない。この文章は手書きだからよく練られていて、こっちは iMac だからどうもいまいち……とか言うひとはいないし、その逆もいない。手書きで書かれた小説も iMac で書かれた小説も、一様に小説として扱われている。差別はされない。だいいち本になれば手書きも iMac も読者には区別がつかないんだし。

競輪の「勝ちの実感」の違いと、小説を書く道具の違いと何の関係があるんだ？と思うかもしれない。僕も読み返してみてちょっとそう思った。僕が言いたいのは、たぶんこういうことだ。

時とともに、意味をなさなくなる問いというものがあるんだ。

あるいは、たいていの問いは時とともに意味を失っていく。そしていつか忘れ去られる。それが問いのたどる運命だ、とひょっとしたら言えるかもしれないが、そんなこと言ったらこのロングインタビューじたい、身も蓋もないことになっちゃうから言わない。ただ今回オオキくんが投げてきた三つの質問のうち第一問は、僕個人にとってはすでに意味を失ってるんだ。ネット投票初心者のオオキくんのなかではまだ生きているのかもしれないけど、ベテランの僕のなかではもう死んでいる。ね、だから、ほかで訊いて？

第二問は「仮にひと山当てたとき」の税金について。

これも僕にはよくわからない。

ひと山ってどのくらいの金額をさしてるのか、そこからしてわからない。たぶん僕はひと山なんて当てたことないと思う。

でも仮に、だよね？　仮にひと山当てたとして、じゃあその当てたお金を僕は何に使うか？　ポイントはそこでしょう。で、それはやっぱり競輪なんだよ。競輪で儲けた金は競輪に使う。これ、前々から言ってるけどさ、結局それにつきるんだよ。競輪の金は競輪に戻す。キャッチアンドリリース。ほんとに見事にそうなってるんだよ、これまでを振り返ってみると。だからもし税務署関係のひとが僕の銀行口座の入出金記録を調べたとしたら、きっとこう思うんじゃないか？　ああ、このひと、ずーっと車券買いつづけてるんだなあ、このひとの金の使い道、競輪しかないなあ、競輪が人生そのものなんだろうなあ、仕事は何やってるひとなんだろう？　でもこういうひとが、こういうひとこそが、日本の競輪文化を支えてるんだろうなあ……とかね、しみじみ感心して、きっと税金も見逃してくれるんじゃないの？

第三問。

最後のこの質問は質問なのか？

何回読んでもわからないんだけど、つまりどういうこと？　年末恒例の競輪グランプリを、もしネット投票で買って「クニマツでお茶しながら」観戦て事態になったら、「オオキは少し寂しい気もします」が、正午さん、あなたはどうですか、寂しくないですか？　と訊いてるの？　でもその場合さ、「ネット投票にしようか、クニマツでお茶しながら」と提案してるのは誰なんだよ？

誰もいないでしょう。あり得ない設定、むりくり作ってるでしょう。無用な寂しさ求めるなよ。無意味な質問するなよ。ていうか質問のていをなしてないよ。だからどう答えようもない。競輪抜きでシンプルに、正午さん、寂しくないですか？　とでも訊かれたんなら、だいじょうぶかオオキくん？　そりゃあまあ、長生きするとひとはね、人生山あり谷ありだからね……とか、慰めようもないじゃないけど。

はい、今回はここまで。

242
オオキ
2020/11/11
20:47

件名：問いと答え

「佐藤正午のなかにはまだ金鉱が眠っている。百万部売れる本を作りましょう」と山師みたいな話を持ちかける若い編集者がいて、その気にさせられて『Y』を書いた。また別の編集者は、会うなり破格の原稿料を提示して、何でも好きに書いていいからとにかく本1冊分の仕事をしろと迫った。断る理由はないので、さっそく連載小説『ジャンプ』の初回に取りかかった。

いきなり引用です。『正午派』で6つに分けた章の扉ページに書いていただいた文章の一部です。

先月のメールにあった「いったい原稿料いくら貰ってたんだろう？」を読んで、オオキはすぐにこの一節を思い出しました。そうとうよかったんでしょうね、『ジャンプ』が連載されたファッション誌の原稿料。でも正午さん、1999年11月は「月に六日だけ小説書きに集中して、残りの二十四日は競輪」というわけではなかったと思いますよ。

　まず『正午派』を開いて確かめたところ、1999年の秋は西日本新聞で「またひとつおりこうさんになった」（週一回）と、ハウステンボスにあるホテルの広報誌で「カクテル物語」（年四回）を連載中で、ほかにも単発で何本かエッセイが掲載されています。翌年2月には『バニシングポイント』の文庫が出ているので、11月下旬にはゲラがお手もとに届いていたかもしれません。あと、『きみは誤解している』の「付録」によれば、佐世保を訪れたサカモトさんから、追加の短編一本とあとがきの執筆依頼があったのも、1999年秋のことです。

　ちなみに、正午さんが「いったい夜中に何やってたんだ」と自問してた謎については、おそらく夜な夜な掲示板への書き込みに精を出してたんじゃないスか？　佐藤正午公式ホームページ開設から2年目の秋です。

　ともかく1999年11月は、ゲラを読みなおすだとか、依頼のあった書き下ろし短編の構想を練るだとか、手帳にはメモしていない仕事も正午さんがせっせとこなしていたことを容易に推測できるんですが、それでも、『ジャンプ』の連載一本にしぼっていた、という主旨で書かれていたのには何か理由があるんじゃないか――オオキは深読みしました。

「いったい原稿料いくら貰ってたんだろう？」の一文は、もしかして正午さん、遠まわしな値上げ交渉だったりしませんか？　この連載の原稿料の。へんしゅうちょうに掛けあってみましょうか？


と、質問ぽく書くと、正午さんが前回おっしゃった名言が頭をよぎります。

「たいていの問いは時とともに意味を失っていく。そしていつか忘れ去られる」

いや、いいんです、オオキの問いなんて忘れ去られて。むしろそれを望んでいます。そういう世の中ならいいよなぁ、といまは心底から思っています。

今年は春先から、大きな問いが投げかけられていますよね、人類に。感染拡大を食い止めるには？　最適な治療薬は？　有効なワクチンは？　みたいな問いが。まあ、正午さんもオオキもこの分野についてずぶの素人ですし（ですよね？）、現場でむきあっているのは世界じゅうの専門家の方々ですけど、そういった問いが早く忘れ去られてほしいし、「あの頃みんなマスクしてたよね、何だったんだろうアレ」くらい平気な顔して話せる世の中であってほしいと思うんです。

そう考えると、前述の名言にはこんなつづきが要るんじゃないでしょうか？

「たとえ問いは忘れ去られても、後々まで大きな意味をともなう答えもある」

オオキくん、いきなりどうしちゃったの？　と訊かれる前に書いておきます。

先週でんわで、正午さんと「今年のＳＳＧＴ中止」を決定しましたよね。以来、オオキは自分が思っていた以上にがっかりしているんです。先月の質問〈３〉を書いているあたりでうすうす感じてはいたんですが、いざ年末は佐世保には行かないと決めると、もうなんて言えばいいのか、途方に暮れています。「正午さん、誰から買うんですか？」「うん？　いろいろ」といった毎年お馴染《なじ》みのやりとりも今年はおあずけ。数少ないたのしみをオオキから奪った問いが恨めしいんです。

ネット投票には加入しました。でも正午さんのいないところで例年どおりのＫＥＩＲＩＮグランプリ大勝負をしても、弱ったことに、何だかおもしろみがなさそうなんスよ。今月も正午さんからの答えをお待ちしています。

件名：グランプリの準備

243
佐藤
2020/11/23
11:33

なるほど『きみは誤解している』の「付録」を読むとサカモトくんは一九九九年の春に初めて、そして秋に二度目に佐世保に来たことになっているね。

なっているねって、はっきり憶えてるわけじゃないからそう言うしかないんだけど、きっと「付録」に書いてある通りだったんだろう。二〇〇〇年の五月に『きみは誤解している』の単行本が出版されているし（それは動かしようのない事実だし）、そうすると単行本のために書き下ろした短編小説を僕は遅くとも二〇〇〇年の二月中には仕上げていたはずで、てことは、どう考えても諸々の打ち合わせは前年のうちに済ませていたことになり、この本の担当編集者であるサカモトくんが一九九九年に佐世保に来ていた、という事実は確定する。それで間違いないと思う。

でも手帳にはそのことが書かれていない。

一九九九年の古い手帳、また読んでみたんだ。当時の自分が書き残したメモを、こんどは一年ぶん通しで読み返してみた。でも一回も名前が出てこない。ほかの人物の名前はちらほら見つかるんだよ。雑誌の取材で〇〇さんが佐世保に来て、夜は一緒に酒を飲んだとかね。編集者の〇〇さんから電話があった、とか、ただそれだけの書き込みも見つかる。でもサカモトくんの名前は出てこない。

で、僕が思うに、のちのちの心覚えのために書くべきことを書き残したはずの手帳に名前が出てこないのは、何か意図があって彼の名前を消したからじゃない。その年、会っていないからだ。

つまり彼が佐世保に来て書き下ろしの短編小説の依頼をしたことも、僕がその依頼を受けて、そしてさっそく構想を練っていたなんてこともなかったからだ。一九九九年の手帳から記憶をたどるとそうなる。いや、そうなるとかじゃなくて、それが正しいんだ。なぜなら僕は手帳の記述をもとに、それだけを頼りに過去の再現を試みている。そういう縛りで文章を書いているからだ。

オオキくんいま首をひねったか？

何を言ってるのかよくわからないか？

僕が言ってるのは、オオキくんの余計なお節介のことだ。僕が書いたものにいちいち注釈はいらないと言ってるんだ。

前回の僕のメールに、年譜から事実を拾ってきて注釈を加えてるでしょう。

「手帳にはメモしていない仕事も正午さんがせっせとこなしていたことを容易に推測できるんですが」

とか書いてるでしょう。それが余計なお節介だ。

そりゃ『正午派』の詳しい年譜を見れば「容易に推測できる」かもしれないけどさ、だからって推測するか？　せっかく作家が、わざわざ古い手帳まで引っぱり出してきて、

「仕事は連載小説一本しかやってなかったんだね。一本にしぼってたんだろうね」

と謙虚に、過去を回想してみせているのに。

その作家の回想を根底からくつがえすようなちゃぶ台返し、やるか？　いちばんの味方であるはずの担当編集者が。

しかも、僕の計算としては、謙虚な回想を、

「いったい原稿料いくら貰ってたんだろう？」

という一文できれいに〆たつもりだったのに、着地も決まってそこそこ笑いも取れるでしょ？　みたいな気で自分ではいたのに（ていうか、こんなこと言わせるなよ、作家に）、それなのにオオキくんの返しはこうだ。

「いったい原稿料いくら貰ってたんだろう？」の一文は、もしかして正午さん、遠まわしな値上げ交渉だったりしませんか？　この連載の原稿料の。へんしゅうちょうに掛けあってみましょうか？

なんだこれ。

どんだけ深読みすればこうなるんだ。

な？　原稿料の値上げ交渉とかあるのか、この業界に。

作家が、遠まわしな値上げ交渉を原稿のなかに盛り込むしきたりでもあるのか。

僕は聞いたことないけど、あるのか？

あるのなら、今後、僕もどしどし盛り込んで原稿書くぞ。

☜

こんなふうに進めるつもりはなかったんだ。

なるほど『きみは誤解している』の巻末付録を読むと、一九九九年にサカモトくんが佐世保に来ていることになっている。それは事実として間違いないはずなのに、その年の僕の手帳に彼の名前が一回も出てこない、それが不思議だ、なぜなんだろう？という疑問について書くつもりでいたんだ、最初は。

実をいうとね、一九九九年の手帳の十一月の頁《ページ》には——オオキくんに指摘されるまでもなく——エッセイの仕事をしたという事実が記してある。『ジャンプ』の連載だけでほかに仕事に関する書き込みはないと前回言ったけど、ほんとはある。

月の前半にエッセイを書いてファクスで送信している。「手帳にはメモしていない仕事も正午さんがせっせとこなしていた」のではなくて、当時僕がせっせとこなしていた仕事はすべて漏らさずメモしてあるんだ。その一部を前回は意図的に隠した。具体的には競輪のエッセイを二本と、あと現在も続いている「小説家の四季」の前身にあたるエッセイを一本、とか説明しようと思えばできるところを隠して、なかったことにして、「仕事は連載小説一本しかやってなかった」と嘘をついた。

なぜ嘘をついたか、ここでくだくだ言い訳してもみっともないだけだから一言で済ませると、この嘘は文章の大筋に影響はないと判断したからだ。

一九九九年の十一月、四十四歳だった僕の当時の様子を再現するのに「競輪」と、「連載仕事」と、ほかに「エッセイ三本」の材料があるとして、そのうち「エッセイ三本」はあってもなくてもかまわない。あってもなくても当時の様子は「競輪」と「連載仕事」だけでおおよそ伝わる。だったらないほうが話がすっきりしてわかりやすいだろう。だから本音をいえば嘘をついたつもりもない。嘘じゃなくて省略だ。文章を書くときの基本。材料の取捨選択。

でもそれと、これとは話が別で、これというのはサカモトくんの名前の件だけど、こっちは省略じゃなくて、事実、彼の名前は一九九九年の手帳にただの一度も登場しない。つまりもともと僕は彼が佐世保に来たことをメモに残していない。

さっきもちょっと触れたように、雑誌の取材で来た○○さんの名前はメモしてある。でもそのひととは一九九九年の一月に（たぶん前年に出た『Y』の取材で）一回会ったきりだし、名前は記憶してても、もう顔も憶えていないくらいなんだ。それから電話をかけてきたとだけメモしてある編集者の○○さんは、その後音信が途絶えて（お互いさまだけど）いまとなっては何の用事があって電話で話してたんだろう？　というくらい関係の薄いひとなんだ。

そういうひとたちの名前を、というか、そういうひとたちの名前まで手帳にきっちり書き留めてあるのに、その年の春と秋に二回会ってるはずのサカモトくんの名前は見あたらない。僕にとってのサカモトくんがどういうひとかといえば、いま指を折って思い出してみただけでも佐藤正午の本を七冊も担当した編集者だよ。数え忘れがあるかもしれない。八冊かもしれない。何冊にしても要は、もし彼が仕事の依頼を持って佐世保に来なければ、作家佐藤正午の年譜はいまとはかなり違ったものになっていたはずだ。いわば作家人生に欠かせない登場人物なんだよ。でも手帳には、初めて会ったはずのその年に、名前が出てこないんだ。一九九九年の僕はなぜか重要な登場人物の名前を書き漏らしているんだ。

なぜなんだろう？

そういう問いが頭に浮かんで、そこから今回のメールを書き始めたんだ、最初は。

でも、なぜなんだろう？　ってオオキくんに問いかけても仕方ないしさ、結局、自分で自分の問いに答えるしかないでしょう。

で自問自答を書いてみると、すぐに終わっちゃうんだよ。

Q. なぜなんだろうね？
A. 知るか。
ね。

それで終わる。

なぜなんだろう？　って自分でも不思議には思うけど、時を二十年さかのぼって昔の自分に答えを訊くわけにもいかない。二十年前に何をしていたか？　それすら定かに憶えていないのに、なぜそれをしたか／しなかったか？　なんて答えが見つかるはずもない。


問いだけあって答えがない。


「たいていの問いは時とともに意味を失っていく」かもしれない、みたいなことを前回エラそうに書いたけど、並べて書けば今回はこうなる。

「なかには最初から空っぽの問いがある」

かもしれないし、もしかしたら、

「答えが消えてなくなったあと遅れてやってくる問いがある」

のかもしれない。？と頭にクエスチョンマークが浮かんだときにはもう手遅れの問いが。

今回は以上。いつもより短めだが、これ以上書いたってそのぶん原稿料が多めに貰えるわけでもないからここでぷつんと終わる。なにしろ年末にＫＥＩＲＩＮグランプリがひかえてるし、ぼやぼやしていられない。いまからよその原稿書いて少しでも資金の足しにする。……たぶん、こういうのが遠回しな原稿料の値上げ交渉っていうんじゃないのか？

目前にせまったグランプリの話題はまた次回に。

件名：続・問いと答え

244
オオキ
2020/12/11
17:33

正午さん、前回もらったメールにはつづきがあるんじゃないですか？　つづきの原稿がもうできてる、という意味ではなくて、おもしろそうな別の答えを正午さんは頭のなかに少し用意されていたんじゃないかと思ったんです。

だって、サカモトさんの名前が、正午さんの作家人生を語るうえで重要な登場人物であるあの編集者サカモトさんのお名前が、当時の手帳にまったく記されていなかったんですよね？　メールをもらったオオキだって、なぜなんだろう？　っていう問いが頭に浮かびましたよ。

そこまで小説家が風呂敷をひろげといて、前回の答えは「知るか」。そのひと言ですませる可笑《おか》しみもわかりますし、そういう本音も正午さんらしいと思います。けど、ほんとうのところは腕が鳴っていたんじゃないスか？　あれ、サカモトくんの名前がないじゃん！　と意外な現実に行きあたり、なんでだろう？　という問いに「知るか」とこころのなかで即答したあと、こんな考えもちらっと浮かんだんじゃありませんか？　ああこれだけでも一本書けるかもナ、重要な登場人物の名前を書き漏らしていた理由を（じっさいは忘れちゃってるけど作って）おもしろく書けそうだナ、と。何か月か前にオオキは言われましたよね。現実の話になにか欠けている部分があるのなら、「作ってもかまわない。というか作るしかない」って。そういうの、正午さんの十八番《おはこ》だったはずです。

１９９９年にあり得たはずの事実を掘り起こして、「知るか」とはまた別の答えをぜひ正午さんに書いていただきたいです。今回は質問ではなく、編集者からの真面目な提案であり、お願いでもあります。ふつう20年前のことなんて詳しく憶えていない

――そんな答えの出ないような問いに、なるほどなぁ、そういう筋書きで来たか、みたいなもっともらしい答えをどうか読ませてください。

前回のメールにいちゃもんつけてるわけじゃありませんよ。

もちろん前回のメールでも、「書かずにすませられること」と「ぜひとも書かなければならないこと」（ハトゲキより）を正午さんは考え抜いて書かれていたことでしょう。オオキが原稿料の値上げ交渉とか書いたのが余計でした。あと、正午さんに先月ご執筆いただいていたときは、ちょうど競輪祭が開催されていました。KEIRINグランプリの出走メンバー9人が決まる競輪祭が。

いよいよですね、年末の大一番。オオキが佐世保に行こうが行けまいが、毎年12月30日には号砲が鳴ります。何日か前には車番も発表されました。

ただ、このメールをまとめている時点（12月11日）では、各選手のコメントが出ていません。北日本の3人と南関の2人がそれぞれどう並ぶかは想定の範囲内だと思いますけど、瀬戸内の2人はどちらが前を走るのか、脇本と平原はおのおの単騎になるのか、平原としてはたとえば脇本の番手を選択してもチャンスありなんじゃないか、といった（競輪ファンのだれもが抱く）問いに答えが出ていませんね。この段階でオオキはレースの筋書きを予想できません。正午さんはどうなんでしょう。共同記者会見は12月22日だそうです。

今回は佐世保と東京で別線勝負になりますが、きっちり当てて気持よく新年を迎えましょう。

年の最後に。

今年正午さんから言われていちばん衝撃的だった言葉をここに書いておきます。1月にでんわでうかがいました。こんな言葉を、しかも小説家の口から聞くなんて、あとにも先にもないだろうと思いました。いまも思ってます。

「オオキくん、いま競輪のYouTubeはじめれば、天下とれるぞ！」

245
佐藤
2020/12/23
12:53

件名：グランプリの準備2

サカモトくんに担当してもらって世に出た本は、

『きみは誤解している』

が最初で、あと順不同にあげていくと、

『ありのすさび』
『豚を盗む』
『象を洗う』
『小説の読み書き』
『花のようなひと』
『幼なじみ』
『小説家の四季』
『月の満ち欠け』

と全部で九冊ある。

先月のメールでは七冊、か八冊くらい、とざっと思い出してみたんだけど、きっちり数えるとほんとは九冊ある。文庫をのぞいて単行本だけで、九冊。

そのことを、オオキくんはとうぜん指摘してくるんだろうと予測して、じつは待ち構えてた。返信の構想も練っていた。でも指摘してこないんだな？

一九九九年の十一月に僕がどのような仕事をしていたか、という事実は『正午派』の年譜と照合して指摘するくせに、この数えまちがいはスルーなんだな？

僕があえて隠そうとすることは探り出して暴いても、僕がわざと数えまちがえて、作ってみせたスキは突いてこないんだな？　どっちも同じ年譜まわりの事実なのに何か違いがあるのか？　得意顔の指摘と、知らんぷりと。そこに一貫性はあるのか？

と書き出したいま、十二月十四日。

グランプリの十六日前だ。

オオキくんが僕の数えまちがいをスルーしたおかげで予定がくるった。仕方ないから自分で、サカモトくん担当の本のタイトルを冒頭に書き出してみた。一冊一冊、改行して書き出してみると、読まされるほうはうるさいかもしれないけど、書く側は、こういう書き方をすると、はかが行く。九冊ぶん、つまり九行ぶん、とんとんと前へ進む。助かる。タイトルとタイトルのあいだを一行空きにすれば倍助かるが、それはやり過ぎだろう。いや、ありか？　一行空きもありか？　なにしろ翌々週のＫＥＩＲＩＮグランプリのことで頭がいっぱいで、気もそぞろだ。このあとをどう書き進めるかもなかなか考えがまとまらない。

そういえば昔、あるひとが『きみは誤解している』の目次を見てこんなことを言った、「なんだか詩のタイトルが並んでるみたいですね」。言ったのが誰だったかは忘れたが（＊註1）、『きみは誤解している』の目次には、短編小説のタイトルが、

きみは誤解している
遠くへ
この退屈な人生
女房はくれてやる
うんと言ってくれ
人間の屑

と六つ並んでいる。
これらが詩のタイトルに見えるかどうかは別にして、おかげでこのようにとんとんとんとん前へ進んでいける。

♨

グランプリの準備、と題しながら先月はその具体的な「準備」について何も書かなかった。いまから書く。サカモトくんの名前が手帳に記されていない例の謎の件は、オオキくんの言うこともわからないではないが、僕としてはべつに「風呂敷をひろげ」たつもりはない。仮に「なるほどなぁ、そういう筋書きで来たか、みたいなもっともらしい答え」を考えついたとしても、それを書けばもはやこのロングインタビューじゃなくて小説の領域に入ると思う。書けるのならいつかそっちで書いてもっと高い原稿料をもらう。（＊註2）

グランプリの準備。

そもそもグランプリの準備などというものが必要なのか？　と思われるかもしれない。むろん準備などしなくても競輪はやれる。競輪場にぶらりと立ち寄って、ゴール前のスタンドにゆったりと腰をおろして、途中のコンビニで買ってきたスポーツ新聞をひらき、ああ今日はこの選手が走るのか、と初めて知って車券を買う。そして外す。毎レース外す。それが悔しくて、負けを取り返そうと翌日も競輪場へ行き、そしてまた外す。それが三日目になると、選手たちの調子も過去二走見てだいたい把握できているので、ぽつりぽつりと当たりが来る。運が良ければ決勝戦も当たる。そういう競輪のやりかたもあるだろう。というか僕も昔、そういう競輪はさんざんやった。三日でワンセットになった競輪なら何百セットもやった。

でもそんなのはグランプリには通用しない。

なぜならKEIRINグランプリは年末の十二月三十日、開催競輪場の三日でワンセットの他のレースがすべて終わったあとに、独立しておこなわれる、その日、いやその年、たった一回きりの特別なレースだからだ。

その一年に一回きりのレースに出場することを目標に競輪選手は一年間（たぶん）死にものぐるいで練習している。そしてその一年に一回きりのレースを当てることに希望を託して競輪ファンは一年間（たぶん）味気ない人生の時間に耐えている。別の言い方をすれば、競輪選手も、競輪ファンも、これを生き甲斐にしている。十二月三十日、午後四時三十分、号砲とともにはじまるたった一つのレースを。時間にすればほんの何分間かの、しかしとてつもなく大きな意味を持つレースを。なんの準備もなしに、いったい誰がそのレースを戦いぬけるだろう？

僕が思うに、グランプリの準備は箇条書きにできる。

1　資金の調達
2　体調管理
3　勝負勘の調整

4　孤独に親しむ
5　過去の振り返り
6　研究
7　予想
8　資金配分
9　車券購入のメモ
10　心の準備

簡単に説明する。

1は言わずもがなだろう。

2も説明不要。簡単に言えば当日風邪をひかないように、とかそういうことだ。受験生と同じ心得だ。

3の勝負勘の調整というのは、僕みたいに年がら年中競輪をやっていると、選手同様、車券を買う側にもどうやら調子の波というべきものがあって、グラフにするとそれが周期的に上がったり下がったりを繰り返しているように思える。どうあがいてもかすりもしないどん底と、なんか不思議とうまく的中車券に手が届く天辺《てっぺん》と、そのあいだで翻弄《ほんろう》されながら一年暮らしているような気がする。ポイントは、調子の波が周期的に動いているということ。だからその周期を的確に見抜いて、天辺のほうを十二月三十日に寄せていく。できればぴったり重なるように持っていく。

で、そのためには何をどうすればいいか？　答えは、それがわかれば苦労はしない。これはあくまで、できるならという話だ。私見だが、十二月中頃までに競輪でしこたま負けておく、どん底を噛みしめておく、というのは（必ずしも）悪いことではないかもしれない。少なくとも、グランプリ前の競輪の負けなど気にしない、いまが底だ、あとは上昇一途だ、とそのくらいの気構えでいるほうがいいかもしれない。

4の孤独に親しむというのは、ひとつは、不寛容な周囲の目に耐えるということ。競輪についての知識をまったく持たずに競輪のことをよく思っていない人々は、いまさらだが、結構いる。身近にもいる。まあ公営といってもギャンブルはギャンブルだから仕方のない面もある。年に一度の特別なレースだ、このために生きているんだ！　などと自分だけ熱くなっても、平熱の相手の理解は得られない。競輪、競輪て、あんたしょっちゅうやってるじゃないのと言われたら、事実その通りなので言い返せない。黙ってひっそりと特別な日を迎えるしかない。

もうひとつは、不寛容とは別だが、競輪に無関心な周囲の雑音を遮断して、あえて孤独を選ぶということ。ただでさえ忙しい師走のこの時期に、どういうつもりなのか、寂しいのか？　電話だのメールだのラインだの連絡を寄越すひとがいる。邪魔だ。こっちはグランプリにかかりきりでいたいわけだから、それ以外の話題はぜんぶ雑音になる。返信はしない。もの言わぬ貝になることで、ああ、なんか、このひといま普通じゃないんだな、なんかわけがあるんだろうな、という雰囲気をかもす。そうやって友人知人が毎年離れていく。でも生き甲斐はグランプリで勝負することであり、誰かと世間話をすることではないのでそれでかまわない。ていうかそれが望むところだ。競輪に無関心な人間とつきあって何が面白いんだ。

5と6は、重なるように見えて少し違う。過去の振り返りというのは、過去におこなわれたグランプリのレースに、自分がどのくらいの金額を、どのくらい度胸のある賭け方をしたか、そして外したか、そのときどんな気持ちを味わったかの振り返りである。研究というのは、その過去のレースの展開を見直し、しかと脳裏に刻むことである。無駄のようだが毎年やる。

ここまで書いているうちに一週間過ぎた。
いま十二月二十一日。グランプリまであと九日。
僕はすでに準備段階の7に入っている。表現を換えれば、

7　予想　↑いまココ。

となる。いまそこだが、予想を煮詰めにかかるのは明日、出場選手九人の共同記者

会見でのコメントを聞いてからだ。

また二日経った。

共同記者会見の翌日の朝。グランプリまであと七日。

選手のコメントが出るまではこう思っていた。輪界トップの先行型である脇本雄太が、今年は（同地区の選手がいないので）独りぼっちで、その後ろの位置が空いている。そこに同じくぼっちの平原康多がおさまれば即席の二車ラインができるが、おそらくそうはならないだろう。脇本－平原のラインを見てみたい気がするし、もし僕が平原なら、脇本の後ろにぴったりくっついて優勝を狙うと思うけど、選手には選手の思惑があり、平原は別の選択をするだろう。いつものことだ。脇本と連携しない点については沈黙か、もしくはファンにはわかりにくい理由をつけるか、どっちにしても自力に徹するだろう。そして今年も勝てないだろう。

　ところが平原は脇本の後ろをまわるとコメントした。なんと、なんと。これがどういう意味を持つかというと、僕みたいなずぶの素人の思惑と、一流の競輪選手である平原の思惑が、図らずも一致したということだ。めったにないことだ。平原はグランプリを獲《と》りにきている、と同時に僕の、というか競輪ファンの期待に応えようとしている。選手目線と、ファン目線の両方で今年のグランプリに挑戦し、そしてそのために脇本とラインを組むと言っている。僕の解釈ではそうなる。というわけで、予想の煮詰まり具合は、

今年の平原ありかも、ワッキーにつけきれれば。↑いまココ。

グランプリの準備の8と9については、文字通りだからだいたい想像してもらうことにして、10の心の準備というのは、なにしろグランプリは、ひとそれぞれ精いっぱいの資金をかき集めての、一年一度の大勝負だから、レース後、結果が出た瞬間、精神がとても不安定になる。経験からいうと目の前が真っ暗になったり、記憶が飛んだりもする。大勝と大敗。勝負がどっちに転んでも、持ち堪える強い精神力が求められる。覚悟はできているか自分？　ということだ。この心の準備は当日、車券を購入するまぎわまで続く。

では最後に、今年は例年のように十二月三十日に佐世保競輪場で落ち合うことはできないので、この場を借りて、健闘を祈る。

二〇二一年が良い幕開けになりますように。

＊註1　ほんとは憶えている。
＊註2　遠回しな値上げ交渉。

「書くインタビュー5」で引用された本

『象を洗う』佐藤正午（岩波書店／光文社文庫）
『side B』佐藤正午（小学館文庫）
『鳩の撃退法』佐藤正午（小学館文庫）
『月の満ち欠け』佐藤正午（岩波書店）
『カップルズ』佐藤正午（小学館文庫）＊「輝く夜」所収
『小説の読み書き』佐藤正午（岩波新書）
『神前酔狂宴』古谷田奈月（河出書房新社）
『「『ジューシー』ってなんですか？」』山崎ナオコーラ（集英社文庫）
『エヴリシング・フロウズ』津村記久子（文春文庫）

『愛なき世界』三浦しをん（中央公論新社、のち中公文庫）
『平場の月』朝倉かすみ（光文社、のち光文社文庫）
『きみは誤解している』佐藤正午（小学館文庫）＊「人間の屑」所収
『正午派』佐藤正午（小学館）

そのほか「書くインタビュー5」で話題にのぼった本

『身の上話』佐藤正午（光文社文庫）
『岩波文庫的 月の満ち欠け』佐藤正午（岩波書店）
『取り扱い注意』佐藤正午（角川文庫）
『ジャンプ』佐藤正午（光文社文庫）
『Y』佐藤正午（ハルキ文庫）
『ありのすさび』佐藤正午（岩波書店／光文社文庫）
『豚を盗む』佐藤正午（岩波書店／光文社文庫）
『花のようなひと』佐藤正午／牛尾篤 画（岩波書店／岩波現代文庫）＊文庫版には「幼なじみ」併録
『幼なじみ』佐藤正午／牛尾篤 画（岩波書店）
『小説家の四季』佐藤正午（岩波書店）

＊現在、入手困難な本も含まれます。

―――本書のプロフィール―――

本書は、「きらら」二〇一九年三月号から二〇二〇年十月号、「WEBきらら」二〇二〇年十一月号から二〇二一年二月号に掲載された「ロングインタビュー小説のつくり方」をまとめた文庫オリジナルです。

小学館文庫

書《か》くインタビュー 5

著者 佐藤正午《さとうしょうご》

二〇二二年十一月九日 初版第一刷発行

発行人 石川和男
発行所 株式会社 小学館
〒一〇一-八〇〇一
東京都千代田区一ツ橋二-三-一
電話 編集〇三-三二三〇-五一三四
販売〇三-五二八一-三五五五
印刷所 ――― 大日本印刷株式会社

ISBN978-4-09-407195-5